pit vogt

# TODES AHNUNGEN

## unheimliche Geschichten

Das Ufassbare
und
Unerkärliche

*Idee, Design & Layout: Pit Vogt*

*Alle Stories sind frei erfunden*

*<u>Impressum</u>*

*Herstellung und Verlag:*
*BoD - Books on Demand, Norderstedt*
*ISBN: 9783754371985*

Das Unheimliche ist überall!

# Inhalt

# Todes-Leuchtturm

Nach den anstrengenden Tagen in der Redaktion legte mir mein Chef dringend an Herz, doch endlich auszuspannen. Ich überlegte nicht lange und fuhr ans Meer. Es war schon eine Ewigkeit her, als ich es zum letzten Mal gesehen hatte. Und nun lag es in seiner ganzen Pracht und Herrlichkeit vor mir. Als Kind waren wir so oft hier und ich hatte hier die schönsten Urlaube zusammen mit meinen Eltern verbracht. Ich mietete mich in einer kleinen Pension ein. Nicht weit entfernt stand ein alter verfallener Leuchtturm. Darunter fand ich ein einsames Fleckchen, an welchem ich jeden Nachmittag für Stunden verweilen und träumen konnte. Davor, zwischen uralten Weiden, erstreckte sich eine malerische Bucht. Ein Ort, wie geschaffen für die unheimlichsten Geschichten. Und ausgerechnet an dem Tage, als ich den Leuchtturm etwas näher untersuchen wollte, zog ein heftiges Gewitter auf. Der Sturm peitschte die alten Weiden hin und her. Immer wieder fielen merkwürdige Schatten auf den Turm. In einer kleinen Schneise stellte ich mein Fahrzeug ab. Noch war ich mir nicht im Klaren, ob es überhaupt Sinn hatte, jetzt dort hinaufzugehen. Aber meine Neugier war stärker. Ja, es prickelte sogar bei dem Gedanken, die alten verwitterten Stufen nach oben zu gehen. Das Unwetter wurde immer schlimmer. Grelle Blitze zuckten. Es goss wie aus Eimern.

Zwischen dem Gedröhn des Donners erklang plötzlich ein seltsamer Gesang. Irritiert schaute ich mich um – es hörte sich an, als ob ein Mädchen sang – oder war doch nur das Rauschen des Meeres, welches im dumpfen Donnergeräusch unterging? Obwohl mich der Regen bis auf die Haut durchnässte, ging ich langsam auf den Eingang des Leuchtturmes zu. Der vermeintliche Gesang verstummte urplötzlich. Ich zog die alte verrostete Metalltür auf. Sie knarrte fürchterlich. Im Treppenhaus roch es modrig und alt. Von den Wänden hing die ehemals weiße Farbe in Fetzen herunter. Mit einem lauten Knall schlug die Tür hinter mir zu.

Das Gewitter schien jetzt genau über dem Turm zu stehen. Durch den röhrenartigen Treppenaufgang prasselte der Donner in unzähligen Echos auf mich herab. Und dazwischen immer wieder dieser merkwürdige Gesang. Es nutzte nichts- ich musste hinaufgehen, um eventuell Genaueres auszumachen. Oben angekommen empfing mich ein heftiger Orkan. Die Verglasung hatte an mehreren Stellen riesige Löcher und die heftigen Windböen verhinderten beinahe, dass ich überhaupt die Kanzel betreten konnte. Mit aller Kraft stemmte ich mich gegen diese Urgewalt. Der zerborstene Scheinwerfer hing fest in der Verankerung und schien das einzige Bollwerk gegen die tosenden Naturgewalten. In seinem Windschatten schaute ich hinunter zum Strand. Am Ufer standen zwei Personen- ein junges Mädchen und ein junger Mann. Es musste das Mädchen sein, welches so wundervoll sang. Doch, obwohl der Sturm die Wogen meterhoch aufwirbelte, standen die beiden scheinbar regungslos am Gestade. Ich wollte nach ihnen rufen, doch von hier oben hätte mich keiner gehört. Außerdem krachte der Sturm derart heftig gegen den Turm, dass ich mein eigenes Wort kaum verstand. Ich lief die Stufen wieder hinunter, um die beiden besser beobachten zu können. Doch als ich atemlos unten ankam, war keiner mehr zu sehen. Nur der Sturm peitschte das Wasser gegen den Strand, beinahe so, als wollte er es verschlingen. Völlig entkräftet fuhr ich zur Pension zurück. Der alte Kapitän, dem die Wirtschaft gehörte, schien heute Abend nicht sehr redselig zu sein. „Na, waren Sie beim alten Leuchtturm?", fragte er mürrisch. Ich ließ mich nicht auf seine schlechte Laune ein. Vielmehr wollte ich einiges wissen und fragte ihn nach dem Besitzer des Turmes. Misstrauisch zuckte er mit seinen herabhängenden Schultern. Erst nach dem vierten Korn, den ich ihm ausgab, wurde er etwas redseliger. „Weiß nicht, wer der Eigentümer ist!", sagte er dann, „Man sagt, ein alter Fischer habe das Gelände gepachtet. Der wohnt aber seit Jahren nicht mehr dort. Seit dem furchtbaren Tod seiner Tochter und dessen Freund hat ihn wohl keiner mehr gesehen."

Bei den letzten Worten kniff er seine Augen zusammen und tuschelte vor sich hin: „Die Gegend ist verhext! Da geht keiner gerne hin! Sie sollten auch aufpassen"

Schniefend stand er auf und verschwand, ohne sich noch einmal umzuschauen, in der Küche. Und obwohl ich gern mehr von ihm erfahren hätte, musste ich mich mit dem, was er sagte, zufriedengeben. In der folgenden Nacht hatte ich einen merkwürdigen Traum. Ich sah mich durch die Dünen rennen. Doch so sehr ich auch rannte, immer wieder kam ich zu dem alten Leuchtturm. Alle Wege schienen dorthin zu führen. Im Turm führte eine endlose Wendeltreppe in ein dunkles feuchtes Gewölbe. Das Grundwasser schimmerte in allen Farben. Plötzlich ging es nicht mehr weiter! Entsetzt starrte ich auf etwas, das aus dem Wasser ragte! Es war eine knochige Hand! Sie umfasste irgendetwas, es schien ein Buch zu sein, es war blutverschmiert! Schweißgebadet erwachte ich. Mühsam schnappte ich nach Luft. Ich hatte das Gefühl zu ersticken. Langsam kam ich wieder zu mir. Ich wischte mir den Schweiß aus dem Gesicht und knipste die kleine Nachttischlampe neben dem Bett an. Der Reisewecker zeigte kurz vor Zwei Uhr. Draußen regnete es noch immer. Ich stand auf und ging zum Fenster. In diesem Moment sah ich, wie der alte Kapitän aus der Richtung des Leuchtturmes gerannt kam. Er japste nach Luft und strich aufgeregt um mein Fahrzeug herum. Immer wieder schaute er durch die Scheiben in das Innere des Wagens. Außerdem hatte er etwas in der Hand – es sah aus wie ein Zettel und ein Stift. Wollte er sich etwas notieren? Nur was? Am nächsten Morgen wurde ich durch ein lautstarkes Klopfen an der Tür geweckt: „Hallo Polizei, wachen Sie auf!" Ich schaute auf die Uhr! Sie zeigte halb acht. Vor der Tür standen zwei Polizeibeamte und fragten mich nach meinem Namen. Außerdem wollten sie wissen, ob mir das Fahrzeug, draußen auf dem Parkplatz gehörte. Gähnend nickte ich mit dem Kopf. Die Beamten baten mich freundlich, aber bestimmt, sie zum Revier zu begleiten. Dort musste ich mich einem peinlichen Verhör unterziehen. „Ihr Fahrzeug wurde gestern beim alten Leuchtturm gesehen", fauchte mich einer der Beamten an, „stimmt das? Waren Sie dort?" Ich gab zu, dass ich dort war und erzählte den Beamten von meinen Erlebnissen. Als die Beamten mir aber berichteten, dass man unterm Leuchtturm die Leiche des alten Fischers, dem das Grundstück gehörte, gefunden hätte, wurde mir plötzlich vieles klar. Ich wollte den Beamten meinen Verdacht mitteilen. Doch die beiden ließen mich nicht mehr zu Wort kommen. Sie hielten mir vor, dass ich am Vorabend nach dem Eigentümer des Leuchtturmes gefragt hatte.

Und sie machten mir klar, dass ich dadurch verdächtig sei.

Als ich schließlich doch noch von meinen Beobachtungen in der Nacht berichten konnte und nachdrücklich erklärte, dass ich hier lediglich im Urlaub sei, ließen sie mich vorerst wieder gehen. Doch ich nahm mir vor, dieser merkwürdigen Sache auf eigene Faust auf den Grund zu gehen. Ich musste unbedingt die beiden Personen finden, welche ich am Tage des Unwetters am Strand gesehen hatte. Sie schienen eine wichtige Rolle in diesem Fall zu spielen. Am Nachmittag packte ich deswegen meine Badetasche und gab vor, zum Baden an den Strand zu gehen. Ich Wirklichkeit jedoch wollte ich zum Leuchtturm. Einsam und verlassen stand der Turm zwischen den alten Weiden. Ich schaute mich mehrmals um, doch mir schien niemand gefolgt zu sein. Und da hörte ich ihn wieder, diesen merkwürdigen Gesang. Ich versteckte meine Badetasche im Gebüsch und schlich mich hinunter zum Strand, wo ich mich hinter einem dichten Gebüsch verbarg. Die beiden jungen Leute lagen friedlich im Sand. Das Mädchen sang mit heller Stimme ein trauriges Liebeslied. Mir war klar, dass ich mich nicht ewig verstecken konnte, wenn ich etwas herausfinden wollte. So gab ich meine Deckung auf und pirschte mich von hinten an die beiden heran. Als ich nahe genug war, rief ich: „Hallo, na, schönes Wetter heute!" Doch zu meiner Verwunderung reagierten sie nicht. Ich lief um die beiden herum, stand nun unmittelbar vor ihnen und rief noch einmal. Doch es gab keinerlei Reaktion. Vielleicht waren sie taubstumm oder gar blind, dachte ich mir. Ich streckte meine Hand aus und wollte einen der beiden an der Schulter berühren, doch meine Hand griff ins Leere. Erschrocken zog ich die Hand zurück. Was ging hier vor? Spielte mir meine lebhafte Fantasie einen Streich oder waren die beiden nur eine Fata Morgana? Ich konnte mir das alles nicht erklären. Plötzlich sprach das Mädchen zu mir. „Du musst uns helfen", hob sie an und ihre Stimme klang unendlich traurig.

„Komm heute Nacht wieder hierher an den Strand. Unterm Leuchtturm befindet sich ein altes Gewölbe. Dort wirst Du die Wahrheit finden." Mit diesen letzten Worten verschwanden die beiden in einer weißen Nebelwolke. Fassungslos ließ ich mich in den warmen Sand fallen. Was war hier nur los? Als ich mich endlich wieder beruhigt hatte, zog ich meine Badetasche hinterm Gebüsch hervor und rannte in die Pension zurück. Es musste mir gelingen, hinter ihr unglaubliches Geheimnis zu kommen. Am Abend versuchte ich, mich mit starkem Kaffee wachzuhalten. Allerdings schien der alte Kapitän zu spüren, dass ich etwas vorhatte. Immer wieder kam er aus der Küche und schaute misstrauisch zu meinem Tisch herüber. Ich versuchte, seinen Blicken auszuweichen, legte mir schon eine Notlüge zurecht, falls er mich fragte. Doch dann änderte ich meine Planung. Ich nahm den Kaffee zunächst mit auf mein Zimmer und gab vor, dass ich noch einige wichtige Dinge zu schreiben hätte. Deswegen wollte ich wach bleiben. Der Kapitän schien angebissen zu haben, ging in seine Küche und ließ sich nicht mehr blicken. Dank des starken Kaffees hielt ich bis Mitternacht durch. Zwar pochte mein Herz bis zum Halse. Doch ich zwang mich zur Ruhe, wollte erst die Lage sondieren, ob es auch wirklich ruhig bliebe und mir der Kapitän nicht auf die Schliche kam.

Den Weg zum Leuchtturm hatte ich mir erheblich einfacher vorgestellt. Zumindest am Tage ließ er sich leicht finden. Doch jetzt, mitten in der Nacht? Ich konnte nicht einmal die mitgenommene Taschenlampe einschalten. Man würde mich sehen können. Und so tastete ich mich in totaler Dunkelheit an den Turm heran. Wie ein drohender schwarzer Zeigefinger stand er vor mir. Es war totenstill, nur ein leichter Wind verfing sich in den nahen Weiden. Immer wieder blieb ich regungslos stehen, wollte vermeiden, dass mich doch noch jemand beobachten konnte. Im Turm angekommen schaltete ich die Taschenlampe ein. Unter der Wendeltreppe, die nach oben führte, entdeckte ich eine niedrige schmale Holztür. Nur sehr schwer ließ sie sich öffnen. Ich musste sehr vorsichtig sein, wollte jedes Geräusch vermeiden.

Doch plötzlich knackte es laut. Ich zuckte zusammen und schaltete die Lampe aus. Wer konnte das sein? Der Kapitän? War er mir doch gefolgt? Eine Ewigkeit stand ich regungslos in der Tür. Doch es blieb ruhig. Ich atmete auf. Vorsichtig schob ich mich durch den engen Spalt in den dahinter befindlichen Raum. Mit den Füßen suchte ich nach einem Halt und tappte ins Leere. Nervös schaltete ich die Taschenlampe wieder ein. Ich stand unmittelbar vor einer steinernen Treppe, die steil nach unten führte. Unten endete sie in einer dreckigen Brühe. „Mist", fauchte ich, „das wars dann wohl!" Gerade wollte ich wieder umkehren, da ertönte leise die Stimme des Mädchens. „Warte", flüsterte sie, „unter der fünften Stufe liegt ein Buch. Lese es und Du wirst wissen, was Du zu tun hast." Obwohl mir plötzlich übel wurde vor Schreck, tat ich doch alles so, was sie sagte. Und tatsächlich! Unter der fünften Stufe ertastete ich einen Gegenstand, ich zog ihn hervor und staunte. Es war das besagte Buch. Ich wischte den Schmutz herunter und las dann: Tagebuch von Arthur Müller. Neugierig schlug es auf.

Verblüfft schaute ich auf endlose, handschriftliche Kritzeleien, die sich nur schwer
entziffern ließen. Einige Passagen jedoch konnte ich enträtseln: Heute wurden die Leichen meiner geliebten Tochter und ihres Freundes gefunden, stand da geschrieben. Und weiter: Sie wurden erstochen und im Meer versenkt. Wer hat Dir das nur angetan, mein Herzchen. Ich schwöre Dir, ich werde nicht eher ruhen, bis ich den Schuldigen gefunden habe. Schockiert blätterte ich weiter und las: Jetzt ist es so weit. Nun wirst Du endlich Deinen Frieden finden. Es war der Kapitän. Er hat mir alles gestanden, als er mal wieder betrunken in seinem Zimmer lag. Er hat zugegeben, dass er Dich vergewaltigt hat. Nun bin auch ich in Gefahr. Denn er wird mich töten, wenn er mich findet. Doch womit kann er mich schon bestrafen. Er hat mir ja schon das Liebste genommen, was ich hatte, Dich mein Herzchen. Mein geliebtes Töchterchen. Vielleicht schaffe ich es noch, zur Polizei zu gehen.
Damit schloss die Seite. Es war die letzte Seite des Buches. Weiter kam er offensichtlich nicht mehr. Der Kapitän musste ihm aufgelauert und schließlich erstochen haben. Was für ein gemeines Verbrechen! Was für eine abscheuliche Tat! Er hatte damals die Tochter des Fischers vergewaltigt und sie dann umgebracht.
Als der Fischer irgendwann dahinterkam, musste sich der Kapitän des Mitwissers entledigen. Er erstach ihn mit einem Küchenmesser. Dann verwischte er die Spuren und warf das Messer vermutlich ins Meer. Er glaubte, dass so niemals mehr nachgewiesen werden könnte, wer der eigentliche Täter ist. Aber er rechnete nicht damit, dass der Geist der toten Tochter noch einmal zurückkehrte, um ihn zu verraten. Ich klappte das Buch zu und verließ eiligst den traurigen Ort. Noch in der gleichen Nacht brachte ich das Beweis-

13

stück zur Polizei. Stunden später wurde der Kapitän wegen dreifachen Mordes verhaftet. Ich entschloss mich, den Urlaub abzubrechen, um in der Redaktion den Fall aufzuarbeiten. Als ich Tage später nachts noch an meinem Rechner saß, um die Geschichte aufzuschreiben, vernahm ich plötzlich einen wunderbaren Gesang aus der Ferne. Eine mir so vertraute Stimme sang ein leises Lied und flüsterte dann nur noch: „Danke, Du hast uns befreit."

# Teufelshaus 1

## „Irgendetwas ist in diesem Haus!"

An diese Worte erinnere ich mich noch heute mit Schaudern. Eigentlich wollte ich nie wieder darüber sprechen. Trotzdem kommt die Erinnerung immer wieder hoch.

Ich kam gerade von einer Geburtstagsfeier und wollte nach Hause. Die Fahrt bis zur Autobahn hatte ich mir etwas leichter vorgestellt. Doch es stürmte und schneite wie seit Langem nicht mehr. Die Scheinwerferkegel meines Wagens suchten vergeblich nach der Straße in dem immer dichter werdenden Schneetreiben. Schließlich wurde klar, dass ein Weiterfahren einem Selbstmord gleichen würde. Irgendwo hielt ich den Wagen an. Ich musste schleunigst eine Pension finden, um nicht vom Schnee lebendig begraben zu werden. So fuhr ich weiter, bis es wirklich nicht mehr ging. Ich wusste nicht einmal mehr, ob ich mich überhaupt noch auf einer Straße befand. Der Blizzard tobte wie ein bösartiges Ungeheuer. Glücklicherweise stand nicht weit entfernt ein Haus. Es lag einsam mitten im Schnee und sah schon recht verfallen aus. Doch aus den Fenstern fiel ein schwacher Lichtschein. Also wohnte hier auch jemand, dachte ich mir. Ich stieg aus und stemmte mich mühevoll gegen die eisigen Schneeböen. Eine Klingel fand ich nicht, so pochte ich mehrmals gegen die alte Holztür. Doch es öffnete niemand. Der Sturm heulte um die Ecken und blies mir immer wieder neuen Schnee in die Augen. „Hallo!", rief ich so laut ich konnte, „ist jemand zu Hause!"

Endlich öffnete sich die Tür einen winzigen Spalt. Eine alte Frau steckte ihren grauhaarigen Kopf hindurch und fragte dann mit zittriger Stimme: „Was wünschen Sie junger Mann?" Fröstelnd bat ich um ein Nachtquartier. Die Alte musterte mich misstrauisch von oben bis unten. Dann nickte sie zufrieden und kicherte leise vor sich hin. „Na, komm schon rein, Söhnchen. Komm nur rein." Schnell stapfte ich hinein und klopfte mir die Schuhe ab. Dann schaute ich mich verwundert um. Überall standen alte Kommoden, die wohl schon bessere Zeiten gesehen haben mussten. Der Fußboden war schmutzig und Spinnweben hingen an den Wänden. Im düsteren Licht der Deckenlampe konnte ich die Alte besser erkennen. Sie trug ein langes schwarzes Kleid und ihr faltiges Gesicht schien verhärmt und kränklich. Fahl und leblos schauten ihre Augen zu mir herüber. Dann wisperte sie: „Ich hol Dir erst mal einen heißen Tee. Und gegessen hast Du sicher auch noch nichts." Mit diesen Worten verschwand sie in einem Nebenraum. Sie brachte mir einen Kräutertee und eine heiße Bockwurst. „Nun stärke Dich erst einmal, Söhnchen", meinte sie noch. „Ich zieh mich jetzt zurück. Kannst da drüben auf dem Sofa schlafen. Da liegt auch eine warme Decke. Gute Nacht Söhnchen." Sie schaute sich noch einmal um, während sie in dem vermeintlichen Nebenraum verschwand. Es war, als wollte sie mir noch etwas sagen. Doch ich war zu müde, um sie danach zu fragen. Ich schlürfte meinen heißen Tee und verschlang die Bockwurst. Dann legte ich mich auf das gemütliche Sofa und schlief ein. Wie lange ich schlief, weiß ich nicht mehr. Irgendwann riss mich ein lauter Schrei aus dem Schlaf. Ich fuhr hoch und starrte in die Dunkelheit. Was war das? Wer hatte da geschrieben? Ging es der Alten nicht gut? Ich suchte nach einem Lichtschalter. Ich fand ihn, knipste mehrmals, doch das Licht ließ sich nicht einschalten. Glücklicherweise hatte meine Uhr eine Beleuchtung. So konnte ich wenigstens die Zeit ablesen- es war kurz nach Eins. Mir fiel die eisige Kälte auf, die plötzlich wie ein Windstoß durch die Räume fuhr. Plötzlich vernahm ich eine Stimme, sie flüsterte: „Irgendetwas ist in diesem Haus. Hilf mir, bitte hilf mir." Ein Schauer lief mir über den Rücken. Eilig zog ich mich an und rief noch einmal nach der Alten. Doch es kam keine Antwort. Mir wurde klar, dass hier irgendetwas nicht stimmte. Was ging hier nur vor? Ich schaute zum Fenster. Es war zerschlagen und der eisige Wind fuhr herein. Vor dem Fenster sah ich eine Gestalt. Ich erschrak, war das die Alte? Hatte sie vielleicht Spaß daran, mir einen Schrecken einzujagen? „Wer sind Sie!", rief ich laut und zog mir dabei die Jacke über. Die Gestalt rührte sich nicht, flehte nur: „Hilf mir, bitte hilf mir! Irgendetwas ist in diesem Haus! Bitte hilf mir." Nachdem ich meine Mütze aufgesetzt hatte, schaute ich nochmals zum Fenster. Doch die Gestalt schien verschwunden zu sein. Ich wollte noch einmal zum Fenster, um mich zu überzeugen, dass dort niemand war. Doch dazu kam ich nicht mehr. Das Haus begann plötzlich hin und her zu schwanken. Krachend fielen die Möbel um und in den Mauern bildeten sich lange Risse. Splitternd zerbrachen die Scheiben, und ich hatte nur noch einen Gedanken: nichts wie raus! Panisch rannte ich los, durch die halbwegs noch intakte Tür hinaus ins Freie. Mein Fahrzeug stand unter einem hohen Baum. So war es nicht total eingeschneit. Mit zittrigen Händen schob ich den Schnee von der Scheibe, stieg ein und fuhr los. Noch einmal schaute ich in den Rückspiegel. Doch was war das? Entsetzt stellte ich fest, dass das Haus eingestürzt war. Außerdem flog eine beängstigende, rot schimmernde Gestalt auf mein Fahrzeug zu. Wie von Sinnen gab ich Gas und raste davon! Irgendwann erreichte ich eine Kreuzung und bog auf eine befahrene Straße ab. Ich bebte am ganzen Leibe. Hatte ich jetzt schon Halluzinationen? Noch einmal schaute ich in den Rückspiegel, doch da war nichts mehr. Ich fuhr bis zur Autobahn.

An einer großen Raststätte hielt ich schließlich an. Noch immer völlig durcheinander brauchte ich erst einmal einen Cognac. Ich setzte mich an einen Tisch, an welchem bereits zwei Trucker genüsslich ihr Steak verzehrten. Schnell kam ich mit ihnen ins Gespräch, denn ich musste jetzt dringend mit jemandem reden. Als ich den Cognac intus hatte, kehrten auch die Lebensgeister zurück. Wohlige Wärme stieg in den Kopf und in die Beine. Und meine Zunge wurde locker wie selten. In allen Einzelheiten berichtete ich den beiden von meinem schier unglaublichen Erlebnis. Schweigend schauten sie mich an. Ihre Gesichter wurden plötzlich sehr ernst. Einer der beiden fasste sich und meinte nur: „Das war das Haus der alten Agathe. Sie ist bei einem Brand vor vielen Jahren ums Leben gekommen. Die Überreste ihres Hauses liegen noch heute an der Stelle herum. Man sagt, ihre Seele komme seitdem nicht mehr zur Ruhe. In mancher Winternacht erscheine sie Vorbeifahrenden und gewährt ihnen Unterkunft. Sie suche wohl noch immer den Brandstifter. Der soll angeblich rot ausgesehen haben und konnte fliegen. Manche sagen, es sei der Teufel gewesen!"

# Höllenfahrt

An jenem Abend saß ich mal wieder ganz allein zu Haus in meiner winzigen Wohnung in Hollywood. Nachdenklich fragte ich mich, wie das alles noch weiter gehen sollte. Ich fühlte mich schlecht, ausgebrannt und leer. Unendlich viele Bilder flogen mir durch die jammernde Seele. Sah die Vergangenheit, die zahllosen Erlebnisse und die guten und schlechten Tage. Und ich erkannte die tiefe Traurigkeit, die in meiner Einsamkeit lag. Da klingelte das Telefon. Mutter rief an. Wie schon so oft machte sie sich große Sorgen um mich. Zwar erzählte ich ihr nichts von meinem Gefühl. Doch sie schien meine Verzweiflung und meine Traurigkeit zu spüren. Und sie tröstete mich, dass es irgendwann auch wieder bergauf gehen würde. An diesem Abend hatte ich noch eine Verabredung mit einem Geschäftspartner. Ich konnte ihn nicht warten lassen, denn das Geld musste ja verdient werden. So verabschiedete ich mich schnell. Mutter sagte an diesem Abend etwas sehr Merkwürdiges. Sie meinte, dass ich unbedingt vorsichtig fahren sollte. Und es sei gar nicht gut, heute noch wegzufahren. Ich konnte meinen Termin jedoch nicht platzen lassen und fuhr los. Es hatte zu regnen begonnen und die Straße glänzte im Scheinwerferlicht derart, dass ich zeitweise kaum etwas sehen konnte. Da ich es eilig hatte, fuhr ich recht schnell. Doch die Sicht wurde immer schlechter. Plötzlich vernahm ich ein Geräusch, welches sich wie eine Stimme anhörte. Nervös schaute ich zum Radio. Doch das hatte ich nicht eingeschaltet. Die Stimme wurde lauter und rief plötzlich: „Fahr jetzt langsamer! Sofort!". Ohne weiter darüber nachzudenken, nahm ich den Fuß vom Gaspedal und bremste augenblicklich stark ab. Da sah ich es auch schon: Auf meiner Fahrspur flogen mir zwei grell aufblitzende Scheinwerferkegel entgegen. Ich erschrak fürchterlich, schaute zum Straßenrand. Ich rechnete schon mit dem Schlimmsten, wollte das Auto im letzten Moment nach rechts lenken, um vielleicht irgendwo im Graben zum Stehen zu kommen. Alles ging ganz schnell! Kurz vor mir bog das Fahrzeug wieder auf seine Fahrspur ein und raste knapp an mir vorbei. Ich atmete auf und spürte, wie mein Herz in der Brust raste. Auf dem nächstbesten Parkplatz hielt ich den Wagen an und stieg aus. Ich brauchte erst einmal Luft. Der heftige Regen prasselte mir auf den Anzug und durchnässte mich bis auf die Haut. Doch das war mir in diesem Augenblick völlig egal. Mit zitternden Beinen lehnte ich mich an mein Auto und kramte das Handy aus der Hosentasche. Ich sagte den Termin ab. Es dauerte eine ganze Weile, bis ich wieder einen klaren Gedanken fassen konnte. Plötzlich wurde mir klar, dass es nichts Wichtigeres gab, als das Leben. Ja, plötzlich hatte ich so viel Zeit. In diesen Minuten nahm ich mir vor, nichts mehr so eng zu sehen. Und das Gejammer, wenn es mal nicht so lief, wollte ich mir abgewöhnen. Stattdessen wollte ich froh sein und das Leben spüren. Als ich Mutter anrief und ihr schilderte, was ich soeben erlebt hatte, wurde sie ganz schweigsam. Dann meinte sie nur: „Ich wusste das. Aber ich konnte dich nicht aufhalten. Ich bin froh, dass es dir gut geht." Die seltsame Stimme hatte ich nie wieder gehört.

# Das Geisterschiff

"Wo kommt dieses Quietschen her?"

Noch immer höre ich diese Worte, als wäre es erst gestern gewesen. Dabei fand alles schon vor etlichen Jahren statt. Es war inmitten des sogenannten Bermudadreiecks, als ich mich auf einer Kreuzfahrt befand. Die Reise war traumhaft schön. Wir hatten wunderbares Wetter. Ich war mit Igor, einem ehemaligen Arbeitskollegen unterwegs. Doch trotz des wunderbaren Wetters hatte ich ständig das Gefühl, etwas Seltsames würde sich ereignen. Irgendwann geriet unser Schiff in dichten Nebel. Eigentlich kannte der Kapitän die Route und er fand sich in jedem Gewässer zurecht. Dennoch verwunderte auch ihn dieser plötzliche Nebel. Und auch er fand, dass der Nebel außergewöhnlich dick und undurchdringlich war. So einen merkwürdigen Nebel hatte er wohl noch nie gesehen. Doch auch wir Reinsenden fanden das Ganze gar nicht mehr so lustig. Ich stand mit Igor an der Reling und gemeinsam mit einigen anderen Reisenden starrten wir in dieses gespenstische Nichts hinein. Plötzlich hatte ich den Eindruck, dass das Schiff stehenblieb. Es fuhr einfach nicht mehr weiter und es gab weder den frischen Wind im Gesicht noch das übliche Rauschen der Gischt. Es herrschte Totenstille. Immer mehr Leute kamen an Deck und schauten sich um. Doch in dem dichten grauen Nebel konnte man einfach nichts erkennen. Da vernahmen wir ein merkwürdiges Quietschen. Es hörte sich an, als würde sich eine alte Metalltür im

Wind bewegen. Und plötzlich tauchte aus dem Nebel wie ein Geist ein riesiges Schiff auf. Es schien neben uns zu treiben. Die Leute starrten zu dem unbekannten Schiff und versuchten irgendetwas auf den Decks zu erkennen. Doch der wabernde Nebel umgab das rätselhafte Schiff wie ein furchtbares Geheimnis. Ich hatte eine verwegene Idee: Vielleicht sollten einige Leute übersetzen, um nachzusehen, was dort los war? Igor fand diese Idee vollkommen daneben, aber ich hielt daran fest. Der Kapitän, der plötzlich neben uns stand, starrte ebenfalls hinüber zu dem Geisterschiff. Dann sagte er mit düsterer Stimme: „Also entweder ist das eine Fata Morgana oder es ist ein Geisterschiff. Laut den Instrumenten dürfte dort kein Schiff sein. Wir empfangen keine Zeichen, keine Signale, nichts. Das Schiff taucht nicht einmal auf dem Radarschirm auf." Und als ich dem Kapitän von meiner albernen Idee berichtete, schien der gar nicht so abgeneigt zu sein. Er bestand jedoch darauf, dass zwei Besatzungsmitglieder dabei sein müssten. Außerdem sollten wir unbedingt den Funkkontakt aufrechterhalten. Ich konnte nicht glauben, dass ausgerechnet der Kapitän mit solch einer Idee, einer Wahnidee einverstanden war. Auf der anderen Seite wiederum verstand ich ihn. Er war selbst neugierig und wollte der Sache auf den Grund gehen. Und da er als Kapitän sein Schiff nicht verlassen konnte, beauftragte er zwei Besatzungsmitglieder, mich und Igor zu begleiten. Tom und Clark waren Matrosen und machten ein Rettungsboot zum Übersetzen fertig. Wir stiegen ein und ruderten hinüber zu dem Schiff, welches es eigentlich gar nicht gab. Igor suchte vergeblich nach dem Namen des Schiffes. Doch dort, wo früher vermutlich einmal der Name stand, gähnte ein Loch. Der Kahn war schon arg verrostet und es schien ein Wunder, dass er nicht längst untergegangen war. Das Quietschen, welches uns allen schon einmal aufgefallen war, wurde immer lauter, je näher wir diesem fremden Schiff kamen. Da das Schiff verlassen schien, konnte uns natürlich keiner an Bord helfen. So musste einer der Matrosen ein Seil mit einem Anker nach oben werfen. Mit einer Strickleiter hangelte er sich schließlich an dem Seil nach oben. Als sich die Leiter ausgerollt hatte, kletterten auch wir an Deck. Ich muss zugeben, dass mir nicht wohl war bei dem Gedanken, vielleicht nicht mehr zurück kehren zu können. Denn ich wusste genau wie die anderen, dass an Bord eines solch sonderbaren Schiffes alles passieren konnte. Als wir alle an Deck waren, vertäuten die Matrosen unseren Kahn und wir schauten noch einmal zu unserem Kreuzfahrtschiff herüber.  Im Nebel sahen wir, dass uns der Kapitän und einige der Passagiere Zeichen gaben. Und das gab uns ein wenig Sicherheit, wenngleich allen dieses unaufhörliche Quietschen durch Mark und Bein ging. Auf dem Schiff sah es ziemlich wüst aus. Überall lagen Metallstangen und andere verrostete Gegenstände umher.

Außerdem waren Unmengen an ausgelaufenem Öl an Deck, sodass wir aufpassen mussten, nicht auszurutschen. Die alten Türen ließen sich kaum öffnen. Immer wieder rief einer der Matrosen laut, ob sich vielleicht nicht doch noch jemand an Deck befand. Doch es war aussichtslos. Es antwortete niemand. Als ich noch einmal in Richtung unseres Schiffes schaute, erschrak ich fürchterlich … es war verschwunden. Auch unsere Funkgeräte bekamen keinen Kontakt. Wir sagten es nicht laut, doch jeder wusste es: wir waren abgeschnitten von den anderen! Es war ein seltsames Gefühl, welches sich da in uns ausbreitete. Ein flaues Gefühl in der Magengegend vielleicht. Ein

Gefühl des Verloren seins. Wir durften uns auf gar keinen Fall davon einschüchtern lassen. Durch eine halb geöffnete Tür gelangten wir schließlich ins Innere des Decks. Eisige Kälte schlug uns entgegen. Außerdem roch es modrig und alt. Igor unkte, dass es sich dabei möglicherweise um Verwesungsgeruch handelte. Doch die Matrosen wollten davon nichts hören. Langsam schlichen wir uns mit unseren Taschenlampen durch den einsamen Gang. Und immer wieder vernahmen wir aus der Ferne dieses eigenartige Quietschen. In diesen Gängen klang es fast wie die Schreie eines in höchste Not geratenen Menschen. Mehrere Kajüten gingen von dem Gang ab. Doch sie waren schmutzig und leer. Am Ende des Ganges kamen wir nicht mehr weiter. Die letzte Tür war verschlossen. Es half nichts, wir mussten wieder umkehren, denn nur durch diese letzte Tür war es möglich, noch tiefer ins Innere des Schiffes zu gelangen. Einer der Matrosen schlug vor, in einem der leeren Räume unser vorläufiges Domizil einzurichten. Da wir keinerlei Kontakt mehr zu unserem Schiff hatten, waren alle einverstanden. Wir verbarrikadierten uns im ersten Raum auf dem Gang. Dort konnten wir relativ sicher sein, schnell aufs Deck zu gelangen, falls etwas Unvorhersehbares geschah. Doch es blieb ruhig. Auch der Nebel draußen waberte wie eben noch. Wir wollten höchstens drei oder vier Stunden in unserem Lager bleiben. Sollte nichts passieren, wollten wir danach zu unserem Kahn zurück. Vielleicht fanden wir ja doch zurück zu unserem Schiff. Doch es wurde schneller dunkel als uns lieb war. So mussten wir die Nacht an diesem ungastlichen Ort ausharren. Jeder war mal dran mit Wacheschieben. Aber außer diesem nicht enden wollenden Quietschen war kein Ton zu hören. Auch am nächsten Morgen drang das Quietschen wie eine Sirene durch den Schiffsrumpf. Als wir zum Fenster hinausschauten, mussten wir feststellen, dass es noch immer neblig war. Alles schien unverändert, so, als sie die Zeit stehengeblieben. Plötzlich vernahmen wir Schreie. Sie drangen durch den Gang und verhallten in den unteren unzugänglichen Decks. Und wie aus dem Nichts tropfte plötzlich Blut von der schmutzigen Decke. Wir waren derart geschockt, dass wir schnellstens zu unserem Kahn zurückwollten. Als wir unsere Jacken übergezogen hatten, bemerkten wir, wie sich das Schiff von hinten begann aufzulösen. Eine rote Linie, die aussah wie ein langer Blitz, zuckte immer näher an unsere Kajüte heran und verschlang alles, was sich ihr in den Weg stellte. Während sie alles in sich verschlang, aufsaugte wie ein übergroßer Tintenfisch, rannten wir aus dem Gang aufs Deck hinaus. Irgendwo musste noch unser Kahn vertäut sein. Ich fand ihn und vorsichtig stiegen wir die Strickleiter in den Kahn hinab. Da halbe Schiff war bereits in dem grellroten Blitz verschwunden. Wir schafften es gerade so, abzulegen, als der Blitz die Hälfte der Strickleiter mit sich riss. Wir legten ab und ruderten, was das Zeug hielt. Irgendwann verschwand das Geisterschiff aus unserem Blickfeld. Doch es war ganz seltsam, das furchterregende Quietschen war noch immer zu hören. Zwar schien es sich mehr und mehr zu entfernen, doch es war da.

Plötzlich schrie einer der Matrosen: „Unser Schiff – es meldet sich – der Kapitän ist dran!"

Und tatsächlich, immer deutlicher war die besorgte Stimme des Kapitäns in einem der Funkgeräte zu hören. Wir ruderten immer geradeaus und schienen geradewegs auf unser Kreuzfahrtschiff zu zusteuern. Nach endlosen Stunden erreichten wir schließlich das Schiff. Wir wurden an Deck gehievt und lagen uns schließlich unter dem Beifall der anderen Passagiere erleichtert in den Armen. Das mysteriöse Quietschen war verstummt. Und wir waren froh, dass die Reise endlich weitergehen konnte. Aufgeregt berichteten wir dem Kapitän von unseren Erlebnissen, die eigentlich gar keine waren, weil nichts passierte. Der Kapitän konnte sich das Ganze nicht erklären. Doch plötzlich schien ihm etwas eingefallen zu sein. Er bat uns, ihm in seine Kajüte zu folgen. In der Kajüte suchte er nach irgendetwas. Schließlich zog er ein altes Buch aus dem Regal. Er schlug es auf und stöberte sehr lange darin. Plötzlich rief: „Da, ich hab's! Da gab es mal eine Sage über ein verschollenes Schiff aus dem Jahre 1919. Man sagte, dass dieses Schiff, die *Morano*, zu Forschungszwecken gebaut worden sei. Angeblich führte man dort irgendwelche Experimente durch. Welche, das wusste niemand. Doch ein alter Schiffsbaumeister wollte gehört haben, dass das Schiff ein lebender Organismus war. Er verschlang alles, was auf- und in ihm war. Man wollte das Schiff im Krieg einsetzen, doch es sank angeblich bei einer Probefahrt im Bermudadreieck." Bei den letzten Worten des Kapitäns lief uns allen ein eisiger Schauer über den Rücken. Sollte dieses seltsame Schiff etwa dieser lebendige Organismus gewesen sein? War das die alte *Morano*? In der folgenden Nacht konnte ich nicht einschlafen. Ich schlich mich ans Fenster und schaute hinaus auf die leicht bewegte See. Der Nebel hatte sich längst verzogen, doch irgendein Schiff schien uns in angemessenem Abstand zu begleiten. Ich erschrak, das musste das Geisterschiff, die *Morano* sein, auf welchem wir waren. Doch schon nach kurzer Zeit schäumte das Meer auf und das Schiff versank rauschend und schnell in den tosenden Fluten. Nur ein

merkwürdiges schrilles Quietschen lag noch minutenlang in der Luft!

# Todes-Diamant

## San Diego 1976

Heftig klatschte der Regen gegen die Autoscheiben. Paul Hutton kam vom Friedhof und wollte nach Hause. Gerade hatte er seine geliebte Frau Nancy zu Grabe tragen müssen. Sie war bei einem schweren Autounfall ums Leben gekommen. Noch schien ihm nicht so ganz klar zu sein, wie es nun weiter gehen sollte. Erst vor einem Jahr hatte er seinen einzigen Sohn Timmi auf die gleiche Weise verloren und nun das. Der Regen wurde stärker und stärker und der schmale Weg von der Hauptstraße bis zum Anwesen in Lake-Hill war kaum noch erkennbar. Zu allem Übel zog auch noch ein Gewitter auf. Paul hielt den Wagen an. Stöhnend lehnte er sich zurück und ließ sein Leben an sich vorüberziehen. Er sah Timmi, seinen Sohn, wie er noch winzig klein im Kinderwagen lag. Er sah, wie er größer wurde ... wie er zur Schule kam ... und dann dieser Unfall ... wie seine Frau war auch er gegen einen Baum gerast. Und er sah seine geliebte Nancy. Die Frau, die er so sehr geliebt hatte. Wieso musste sie ausgerechnet jetzt gehen? Jetzt, so kurz nach Timmis Tod! Wieso? Er verstand das alles nicht und hörte, wie in der Ferne jemand nach ihm rief. Es hörte sich an wie Nancy. Wollte sie, dass er zu ihr kam? Verdutzt schaute er nach draußen. Das Unwetter hatte sich verzogen, nur der Regen versperrte ihm die Sicht. Paul schaltete die Scheibenwischer ein, damit er Genaueres sehen konnte. Vor dem angrenzenden Waldstück stand regungs-

28

los eine Person. Sie war in ein schwarzes Gewand gehüllt und schien ihn zu beobachten. Doch ihr Gesicht konnte er nicht erkennen. Ein leichter Wind bewegte das schwarze Gewand. Und nun sah er es: die Gestalt schien über dem Erdboden zu schweben. Paul erschrak! Hatte er eine Sinnestäuschung oder war er verrückt geworden? Es wäre kein Wunder, hatte er doch zu viel Schlimmes in der letzten Zeit ertragen müssen. Langsam schwebte die Gestalt an seinen Wagen heran. Dann hob sich der Schleier. Paul starrte wie gebannt auf die Erscheinung. Die Gestalt, die sich vor ihm zeigte, war seine Frau Nancy. Doch sie sah anders aus. Ihr Gesicht war kreidebleich und ihre sonst so wunderschönen blauen Augen stachen blutunterlaufen aus den tiefen Augenhöhlen hervor. Außerdem schien sie zu weinen.

Mit sanfter monotoner Stimme sprach sie leise zu ihm: „Ach mein liebster Paul. Es tut mir so weh, Dich so zu sehen. Aber Du darfst nicht traurig sein. Timmi ist bei mir und es geht ihm gut. Wir sind immer bei Dir. Du musst nur daran glauben." Paul glaubte, einer heftigen Sinnestäuschung zu unterliegen. War das wirklich Nancy? Aber sie war doch tot? Wie konnte so etwas nur möglich sein?

Vor lauter Tränen konnte er kaum noch etwas erkennen. Immerfort starrte er zu Nancy und es schien ihm, als ob sie seine Hand ergreifen wollte, um ihn mit sich zu nehmen. Dorthin in diese fremde Welt, vielleicht ins Paradies? Und erneut vernahm er ihre sanfte Stimme: „Liebster Paul, suche den Diamanten. Ich habe ihn von meiner Urgroßmutter geerbt. Leider weißt Du nichts davon. Ich habe nie darüber gesprochen. Denn der Diamant ist verschwunden. Wenn Du ihn wiederfindest, soll er Dir immer Glück bringen. Timmi und ich lieben Dich. Ich werde nun nicht mehr kommen können. Leb wohl." Der schwarze Schleier senkte sich und die Erscheinung löste sich alsbald in Luft auf. Paul war völlig überfordert. Das, was er soeben erlebte, hatte er das tatsächlich erlebt? Oder war es nur ein Traum, ein Wunschtraum vielleicht? Er schloss seine Augen und schlief ein.

„Hallo, hallo, so hören Sie doch endlich! Hallo!" Das Geschrei ging Paul fürchterlich auf die Nerven. Er öffnete seine Augen und glaubte zunächst, im falschen Film zu sein. Um sich herum standen mehrere Leute in weißen Kitteln. Um den Mund hatten sie weiße Tücher gebunden. Hatte man ihn entführt?

„Er wird wach, sehen Sie Herr Doktor!" Doktor? Wieso Doktor? Hatte er sich auch nicht verhört? Schnell kam Paul in die Wirklichkeit zurück. Doch er fühlte sich schwach, sehr schwach. Neben seinem Bett entdeckte er technische Apparaturen. Da waren Schläuche, die zu ihm führten. Da piepste und tickte es andauernd und bunte Lämpchen gingen an und aus. Später erfuhr Paul die ganze Geschichte. Schwer verletzt hatte man ihn in seinem Wagen aufgefunden. Er war gegen einen Baum gerast. Die Ärzte hatten ihn schon aufgegeben, doch dann das unfassbare Wunder: er überlebte. Schon bald kam er wieder auf die Beine und konnte aus dem Krankenhaus entlassen werden. Doch seine Erinnerungen ließen ihm keine Ruhe. Hatte er tatsächlich seine Frau Nancy gesehen? Und was war mit dem rätselhaften Diamanten? Gab es den überhaupt?

Er stellte das ganze Haus auf den Kopf, doch er fand ihn nicht. Schließlich gab er es auf, noch weiter danach zu suchen. In einer schwülen Gewitternacht konnte er wieder einmal nicht schlafen. Schweißgebadet stand er auf und ging in die Küche, um sich ein Glas Wasser zu holen. Auf den Fliesen lag ein schwarzer Schleier. Paul erkannte ihn sofort! Es war der gleiche Schleier, welchen seine Frau in seinem Traum getragen hatte. Er hob ihn auf und betrachtete ihn. In den Schleier war etwas eingewebt, drei Buchstaben nur: R i F. Paul konnte sich nicht erklären, was sie bedeuteten.

Waren sie vielleicht ein Hinweis auf den Diamanten? Am nächsten Tag ging Paul zum Grab. Es war ein Familiengrab, wo sein Sohn und seine Frau beerdigt worden waren.

Auf dem Grabstein las er noch einmal die Inschrift: Mein geliebter Sohn Timmi und meine geliebte Frau Nancy, ruht in Frieden.

Wie ein Blitz durchfuhr es ihn! „Ruht in Frieden", tatsächlich, die drei Buchstaben, R i F! Neben den beiden Inschriften hatte man etwas Platz gelassen, hier sollte einmal sein eigener Name stehen. Als er mit seiner Hand über die glatte Marmorfläche strich, bemerkte er eine Unebenheit. Und tatsächlich, die Unebenheit entpuppte sich als Geheimfach. Nur schwer ließ es sich öffnen. Doch als er es schließlich geschafft hatte, sah er ihn, den wunderschönen funkelnden Diamanten. Er nahm ihn an sich und bewahrte ihn in seinem Safe auf. Plötzlich änderte sich sein gesamtes Leben. Im Lotto hatte er Glück und die Hypotheken, die auf dem Haus lagen, konnte er auslösen. Er baute sich ein großes Firmenkonsortium auf. Das Geld sprudelte und er wurde unermesslich reich. Nach seinem mysteriösen Tod wurde er im Familiengrab neben seiner Frau und seinem Sohn beerdigt. Spielende Kinder, die selbst vor einem Friedhof nicht zurückschreckten, fanden schließlich auch das Geheimfach im Grabstein. Und sie staunten: vor ihnen lag ein funkelnder wunderschöner Diamant.

Doch als sie ihn herausnehmen wollten, verschloss sich der Grabstein und fiel um. Er ließ sich nie wieder aufrichten. Und von der danebenstehenden Trauerweide flog ein schwarzes Tuch auf den Stein hernieder. Es war ein ganz normales Tuch. In seinem Inneren jedoch waren Buchstaben eingewebt: R i F. Den Diamanten aber fand man niemals wieder. Und noch etwas erschien dem Pfarrer mehr als seltsam: Paul kam wie seine Frau und sein Sohn bei einem schweren Autounfall ums Leben!

# Fleischvergiftung

Ich hatte mir einen neuen Fernseher gekauft. Lange hatte ich mir den alten behalten, doch eines Abends blieb das Bild schwarz. So zog ich also durch die einschlägigen Geschäfte und fand alles gar nicht mehr so lustig. Die gut ausgestatteten Geräte waren zu teuer und die anderen hatten ein schlechtes Bild. So stöberte ich in den Kleinanzeigen meiner Tageszeitung. Und ich wurde fündig. Aus dem Nachlass einer verstorbenen Hellseherin wurde ein Fernsehgerät angeboten. Ich vereinbarte einen Termin und hatte Glück. Das Fernsehgerät war noch zu haben. Ich stellte ihn an die gleiche Stelle wie schon den alten Fernseher. Er funktionierte einwandfrei, doch was an den folgenden Abenden geschah, kann ich bis heute nicht verstehen. Allabendlich schaute ich meine Lieblingsserien.

Ich gebe zu, dass das bestimmt keine besondere Tugend sein mochte. Dennoch brauchte ich das.

Auf diese Weise fand ich nach einem stressigen Arbeitstag wieder zu mir selbst. Außerdem hatte es einen ganz besonderen Reiz, meine Lieblingsserien mit dem neuen Fernseher zu schauen. Ich machte es mir so richtig gemütlich und hatte mir sogar ein Glas Sekt auf den Tisch gestellt. Die Serie begann und ich war fasziniert – wie immer. Als der Film zu Ende war, wollte ich mit der Fernbedienung zu einem anderen Sender zappen. Doch zunächst geschah gar nichts. Ich drückte die Tasten, doch es rührte sich nichts. Ein flaues Gefühl machte sich in meiner Magengegend breit – war ich am Ende mit dem Kauf des Gerätes doch betrogen worden? Ratlos lag ich auf meinem Sofa und starrte auf die dunkle Bildfläche ... plötzlich erschien ein Bild ... doch was war das? Es war kein Fernsehprogramm, welches vor meinen Augen ablief. Vielmehr erkannte ich das Haus meiner Nachbarin. Ich sah, wie sie am Tisch saß und aß. Plötzlich ließ sie das Besteck fallen und griff sich an den Hals. Irgendetwas schien sie zu würgen. Sie wollte aufstehen, doch es gelang ihr nicht. Sie stürzte und fiel. Auf dem Boden liegend rang sie nach Luft. Wie vom Donner gerührt starrte ich auf das Szenario. Als sie sich schließlich nicht mehr rührte, griff ich zum Telefon und rief den Notarzt. Dann rannte ich zu ihrem Haus, doch die Türen und Fenster waren verschlossen. Mir fiel ein, dass sie oft den Kellereingang nutzte, wenn sie mal die Wäsche in den Garten hängen wollte. In Windeseile rannte ich um das Haus und fand den Eingang – er war tatsächlich offen. Ich stürmte nach oben und suchte die Zimmer ab.

In der Küche fand ich sie. Sie hatte die Augen weit geöffnet und war kreidebleich. Aber sie lebte, das war wichtig. Ich versuchte, sie aufzurichten. Doch es gelang nicht. Auf dem Tisch entdeckte ich einen Teller mit ihrem Essen, welches sie vermutlich kurz zuvor zu sich genommen haben musste. Offenbar war es verdorben. In der Ecke stand ein großer leerer Blumentopf. Schnell holte ich ihn und brachte sie dazu, sich zu erbrechen. Es gelang und nach ungefähr zehn Minuten wurde ihr Gesicht langsam wieder rosiger. Als der Notarzt eintraf, ging es ihr schon wieder etwas besser. Später erfuhr ich, dass sich meine Nachbarin einen Braten zubereitet hatte. Doch das Fleisch war verdorben und sie erlitt eine Fleischvergiftung. Ich kam offenbar noch gerade rechtzeitig. Wenig später, so offerierte mir der Arzt, wäre sie vermutlich gestorben. Mein Fernseher funktionierte nach diesem Vorfall wieder völlig normal. Irgendwann war der Nachruf zum Tode der Helleseherin, aus deren Nachlass ich das Fernsehgerät hatte, in der Zeitung. Sie starb an einer Fleischvergiftung ...

# Gestorben

Zwei Monate arbeitete ich nun schon in diesem nagelneuen Radiosender. Ich glaubte damals am Ziel all meiner Träume angekommen zu sein. Endlich ganz oben! Endlich in der großen Stadt und endlich etwas zu sagen haben. Meine allererste eigene Sendung – ich wusste gar nicht so genau, was ich sagen sollte. Und obwohl ich als Moderator eines so großen Senders eigentlich immer einen passenden Spruch auf den Lippen hatte, versagte mir plötzlich die Stimme. Ich hatte die Hauptsendezeit erhalten! Welch ein Wunder! Dieses Glücksgefühl zog sich wochenlang hin. Ich genoss es, das große Geld zu verdienen und in Zimmer hineinzudürfen, die ich sonst noch nicht einmal von außen betrachten konnte. Ja, es war wirklich ein gelebter Traum. Es gab keine Routine, immer war es aufregend. So wunderte ich mich auch nicht, als ich eines Nachmittags ins Chefbüro beordert wurde. Ich arbeitete gerade an einer kleinen Reportage. Die Chefsekretärin, mit der ich sehr gut befreundet war, schlich sich in die Redaktion. Sie flüsterte mir ins Ohr, dass ich doch sofort mal zum Chef kommen möge. Ich legte den Stift beiseite, schaute noch einmal nach den Unterlagen und stürmte über den endlos langen Gang zum Büro des Sendeleiters. Im Vorzimmer musste ich erst einmal minutenlang auf einem recht harten Bürostuhl Platz nehmen. Schließlich wurde ich hereingerufen. Im Raum saßen mehrere Männer mit Anzügen und einem gepflegten Lächeln auf dem Gesicht. Erst viel später wunderte ich mich, dass sich diese Mienen gar nicht veränderten. Der Chef schaute mich mit großen Augen an. Ich lächelte ihm entgegen und musterte seine furchtbar bunte Krawatte. Sein Gesichtsausdruck war unsicher und entschlossen zugleich. Eine Weile druckste er scheinbar ziellos herum. Dann sprach er von Umstrukturierungen und Veränderungen des Sendeformates. Auch sei meine Arbeit, die bislang doch immer die beste war, nicht mehr so herausragend. Ich verzog mein Gesicht. Ich war mir noch immer nicht sicher, ob ich ihm jetzt glauben sollte, was er da von sich gab oder ob ich über diesen Witz lachen sollte. Doch irgendein seltsames Gefühl in meiner Magengrube verhinderte, dass dieses vermeintliche Lachen nach oben steigen konnte. Vielmehr rastete meine Stimmung irgendwo zwischen Ahnungslosigkeit, Verständnislosigkeit und Angst ein. Da ich jedoch der Meinung war, dass man diese unmögliche Gefühlslage nicht bemerken durfte, grinste ich weiter vor mich hin. Der Chef sprach davon, dass man mich getestet habe und ich leider doch nicht in das Raster des Senders passen würde. Und erst jetzt fiel mir ein, dass bereits die Hälfte der Redakteure aus unserem Sender entlassen wurde. Bei jedem Wort, welches der Chef in mühevoller Wortklauberei von sich gab, nickten ihm die Beisitzenden scheinbar willenlos zu. Wussten die eigentlich, warum sie hier saßen? Kannten die mich denn überhaupt? Warum hatte man mir diese Hauptsendezeit gegeben, wenn man mich jetzt so runter machte? Irgendwann kam der Chef auf den Punkt. Er sprach plötzlich von meiner Beurlaubung und vermied gekonnt das Wort „Entlassung". Als er es dann doch leise vor sich hin wisperte, entwich mir auch das letzte Grinsen aus dem Gesicht. Und als keiner der Anwesenden lachte, war mir klar, dass das tatsächlich kein Witz war. Wie versteinert klebte ich auf meinem unbequemen Sitz. Mir war wie Davonrennen, Kotzen, Schreien und Versinken zugleich. War das der Vorhof zur Hölle? Dieses Gefühl hatte ich bis dato noch niemals in mir gespürt. So musste es sein, wenn man die Nachricht erhält, dass man Krebs hat. Oder war das doch noch viel schlimmer? Die Begründungen, die der Chef am Ende seiner Rede abließ, flogen an mir vorbei wie welkes Laub im Sturm. Ich konnte sie nicht verstehen, ich wollte sie auch nicht mehr hören. Am Schluss standen alle auf und schüttelten mir mit einem müden aufgesetzten Lächeln die Hände. Hinter mir nahmen sie wieder Platz und der Chef beorderte einen meiner Kollegen zu sich. Wortlos stand ich im Vorzimmer.

Abgeschoben, ausgelaugt und klein wie eine Laus wartete ich auf den Segen Gottes. Doch er kam nicht. Ebenso wenig wie die Hand, die mich ergreifen sollte, um mich aus diesem üblen Traum zu zerren. Ich stand nur da und konnte nicht einmal heulen. Die Chefsekretärin hatte an der Kaffeemaschine zu tun und drehte mir den Rücken zu. Offenbar bereitete man gerade das nächste Todesurteil vor. Sie bemerkte mich gar nicht. Ich schlich mich unhörbar aus dem Büro. Auf dem endlos scheinenden Gang zum Redaktionsraum spürte ich plötzlich, dass mir die Luft wegblieb. Alles schwankte und drehte sich. Ich fühlte mich wie in einem Kettenkarussell sitzend – bekam ich jetzt einen Schlaganfall? Vorsichtig, wie ein Blinder tastete ich mich in die Redaktion zurück. Von der offenstehenden Tür blieb ich stehen, sah zu meinem Arbeitsplatz. Der Stift lag noch immer neben den Unterlagen. Alles sah so aus, als ob ich nur mal kurz aufs Klo verschwunden war. Und irgendwie war es ja auch so. Es stank erbärmlich in meiner Seele. Der Mief drohte mich beinahe zu ersticken. Doch ich lebte,

leider. Meine Kollegen arbeiteten emsig an irgend-
welchen Dingen. Mit eisiger Mine starrte ich zu ihnen
hinüber. Dann raffte ich mich auf, riss mich ein letztes
Mal zusammen. Umständlich zog ich an meiner Hose.
Ich tat so, als sei gar nichts gewesen. Schnell verzog
ich mein Gesicht zu einem gleichgültigen, müden
Grinsen und trat ein. Einige der Kollegen schauten
kurz zu mir, um im selben Moment in ihren PC- Tas-
taturen zu versinken. Wussten die schon etwas? Ich
war unsicher. Doch mir schien, als sei meine Entlassung noch nicht bis hierher vorgedrungen. Sie war ja
noch nicht einmal bei mir selbst angekommen. Ich
setzte mich auf meinen Drehstuhl und schaute alles
noch einmal an. Dann räumte ich vorsichtig meine
Stifte zusammen und packte sie in meine Tasche. Als
ich aufstand, tat ich so, als müsste ich noch einmal
weg, um für meine Reportage zu recherchieren. Ich
verabschiedete mich mit einem lauten „Ahoi, bis später!". Die Kollegen schauten gar nicht erst hoch. Sie
meinten wohl, ich käme gleich wieder oder würde
spätestens morgen wieder hier erscheinen. Sie ahnten
offenbar nicht, dass ich soeben gestorben war. Sie
wussten nichts von meinem ganz persönlichen Fall.
Sie hatten noch ihren Stolz und ihre Arbeit, noch! Ein
letztes Mal drehte ich mich zu meinem kleinen Arbeitsplatz um, der für mich doch alles bedeutet hatte.
Für mich war er das größte und das höchste, was ich
in meinem Leben jemals erreichen konnte. Ich wusste
für einen Moment, dass ich es immerhin bis hierher-
geschafft habe. Doch ich wusste auch, dass sich mein
ganzes Leben ab sofort gründlich verändern würde.
Nichts würde mehr sein wie vordem. Nichts würde
mehr so sein, wie es vor wenigen Augenblicken noch
war. Alles war plötzlich anders. Und auf dem langen
Weg zum Ausgang fühlte ich, wie sich mein Verstand

verflüchtigte. Lautlos schlich ich mich an der Tür des Chefbüros vorbei. Ich verabschiedete mich nicht. Ich war eben einfach nicht mehr da. Das musste genügen. Irgendwann stand ich auf der Straße. Hinter mir lag das mächtige Sendegebäude und vor mir eine ungewisse kalte Welt. Ich drehte mich nicht mehr um. Mit immer schwerer werdenden Schritten schlenderte ich bis in die City dieser riesigen Stadt. Langsam senkte sich die Dämmerung wie Blei über die Stadt und mitten in meine Seele hinein. Es hatte zu regnen begonnen. Doch ich hatte keinen Schirm. Ich hätte mit der Straßenbahn fahren können. Aber ich spürte das Regenwasser nicht, welches mir in Strömen übers Gesicht lief. Längst war mein Mantel durchnässt. Längst war mir kalt und zittrig. Doch ich lief und lief – ich weiß heute nicht mehr, wie lange und wie weit. Vor einer herunter gekommen Kneipe blieb ich stehen. Sollte ich hier hinein gehen? Sollte ich jetzt all meinen Kummer im Alkohol versenken? Immerhin war ich soeben das geworden, was ich mir niemals zu träumen gewagt hatte, arbeitslos! Wen interessiert schon der Lebenswandel eines Arbeitslosen? Saufen die nicht alle? Ich schlug den Kragen hoch und lief weiter. In meiner Manteltasche ertastete ich ein Stück Papier. Es war schon total zerknüllt, als ich es aus der Tasche zog. Auf dem kleinen Zettel stand eine Telefonnummer. Von wem hatte ich die nur bekommen? Ich kramte meine Geldbörse aus meiner Aktentasche und zählte das einzelne Geld. Es reichte gerade so für einen Anruf. Am anderen Ende meldete sich ein Axel Müller. Wer war Axel? Woher kannte ich den nur? Axel sprach ruhig und irgendwie sehr zugänglich. Ich fragte, ob ich kurz zu ihm kommen könnte. Nachdem er mir seine Adresse mitteilte, lief ich los. Es konnte nicht mehr sehr weit sein. Das uralte Haus, wo Axel wohnte, glich einer Ruine. Sollte hier tatsächlich…? Ich schaute auf die zahllosen Klingelschilder. Die meisten Namen konnte man nicht mehr erkennen. Doch das von Axel war deutlich lesbar. Ich klingelte mehrmals. Als sich nichts rührte, wollte ich wieder gehen. Da ertönte aus dem Lautsprecher: „Moment, ich mach gleich auf." Der rasselnde Ton der Schließanlage ertönte und ich ging hinein. Im Treppenhaus sah es noch fürchterlicher aus als draußen. Überall an den Wänden war die Farbe abgeplatzt und die hölzernen Stufen wackelten und ächzten bedenklich unter meinen Schuhen. Axel wohnte ganz oben, in der vierten Etage. Er hatte seine Wohnungstür bereits geöffnet, als ich schniefend und schwitzend oben ankam. „Na, haste Dich auch nicht zu sehr verausgabt?" Verdutzt schaute ich diesen, mir völlig unbekannten jungen Mann an. Nervös wischte ich mir den Schweiß aus dem Gesicht und meinte dann, dass ich mich einfach nicht an ihn erinnern könnte. Er möge das bitte entschuldigen. Axel lachte laut und bemerkte, dass ich mal ein Interview mit ihm geführt habe. Das war noch, bevor er so krank und schließlich entlassen wurde. In diesem Moment schienen alle Barrieren gebrochen. Ein Blitz fuhr durch meinen Kopf. Axel hatte mir das Stichwort gegeben … entlassen. Ich legte meine Sachen ab und folgte ihm ins Wohnzimmer. Dort war bereits der Tisch gedeckt. „Nimm schon mal Platz!", rief er, während er lautstark mit Töpfen und Pfannen herum polterte. „Es gibt Schweinebraten! Kannst Dir schon mal ein Bier einschenken." Und als er schließlich noch bemerkte, dass ich mich wie zu Hause fühlen sollte, goss ich mir ein und leerte innerhalb kurzer Zeit drei Flaschen. Axel schien sich nicht darüber zu wundern. Er schaute mich nur mit großen Augen an und sagte dann vergnügt: „Hast wohl heute 'n schlechten Tag gehabt." Ich lachte laut und bestätigte seine Vermutung. Dann aßen wir und es schmeckte ganz vorzüglich.

Trotz meines furchtbaren Erlebnisses hatte ich plötzlich Hunger bekommen. Ich konnte mir wirklich nicht erklären, woher der kam. Nach dem Essen unterhielten wir uns bis gegen Mitternacht. Dabei vermied ich es, ihm zu sagen, dass ich keinen Job mehr hatte. Aber er fragte auch nicht danach. Er sprach von vielen schönen Orten auf dieser Welt. Und er schenkte mir eine alte Münze. Ich sollte sie gut aufbewahren, und immer, wenn es mir mal schlecht ginge, sollte ich sie in die Hand nehmen und ganz festhalten. Dann würde alles gut ausgehen. Gegen Drei spürte ich, wie mich meine Kräfte rapide verließen. Ich verabschiedete mich und mit den Worten: „Du musst nur immer an Dich glauben. Mehr brauchst Du nicht auf dieser Welt! Wenn Du Dich fit hältst, wird Dir alles gelingen", entließ mich Axel in die Dunkelheit der Nacht. Vielleicht hätte ich noch bei ihm übernachten sollen. Doch ich wollte fort aus dieser Stadt, wollte schnellstens nach Hause. Auf dem Bahnhof angekommen schaute ich erst einmal auf den Fahrplan. Ein Zug fuhr nicht vor Sechs Uhr. Ich nahm die Münze, die mir Axel geschenkt hatte und hielt sie ganz fest in der Hand. Dann trottete ich langsam aus dem Bahnhofsgebäude. Auf dem Bahnhofsvorplatz schaute ich noch einmal auf den Fahrplan. Vielleicht hatte ich ja etwas übersehen. Und tatsächlich! Ich musste in der Tat übersehen haben, dass schon in einer halben Stunde ein Eilzug in meine Richtung fahren sollte. Schnell lief ich zu einem Schalter und kaufte mir eine Fahrkarte. Im Eisenbahnabteil streckte ich mich erst einmal aus. Den Test hatte die Münze jedenfalls bestanden, dachte ich mir. Ich war noch zu aufgeregt, um schlafen zu können. Vieles ging mir durch den Kopf. Auf dem Sitz neben mir lag eine Illustrierte. Ich nahm sie und blätterte gedankenlos in ihr. Auf der vorletzten Seite hielt ich an. Was war das? Kein Zweifel, das war Axels Bild. Es war vor einem schmucken Gebäude abgebildet. Und darunter las ich den Text, der so unglaublich wie gespenstisch erschien: „Der Bischof Axel Müller hatte vor drei Jahren eine der modernsten Kirchen des Landes geweiht. Leider konnte er dort nie tätig werden. Kurz vor seinem Amtsantritt verstarb er an Krebs!"

# Todesflug

Mai 2007

Nach vielen stressigen und harten Jahren wollte ich ihn mir endlich einmal gönnen: Urlaub!
Dazu buchte ich mir eine Reise nach Rio de Janeiro. Es war ein fantastischer Urlaub. Noch nie war ich in Brasilien. Und noch nie war ich bis dahin über den Atlantik geflogen. Dieses einmalige Erlebnis hatte sich für immer in meine Seele eingebrannt. Wie auch die rätselhaften Ereignisse, die sich kurz vor dem Antritt der Heimreise ereigneten.

Die Koffer hatte ich bereits gepackt. Da rief die Concierge im Zimmer an und teilte mir mit, dass mein Taxi eingetroffen sei. Ein Hotelpage brachte mein Gepäck hinunter zum Taxi. Dort sah ich sie das erste Mal, diese rätselhafte junge Frau. Sie stand am Fahrzeug und verabschiedete mich im Namen der Hotelleitung. Als sie mir die Hand gab und mir einen guten Flug wünschte, schaute sie mich so seltsam an. Dann sagte sie leise: „Gehen Sie doch vor dem Flug noch etwas essen. Das beruhigt die Nerven. Lassen Sie sich viel Zeit." Als ich endlich im Taxi saß, schaute ich noch einmal zu ihr. Sie stand regungslos vor dem Eingang des Hotels und schaute mir mit ernster Miene hinterher. Ich war schon etwas aufgeregt vor dem langen Flug nach Europa. Deswegen zollte ich diesem Erlebnis nicht so viel Aufmerksamkeit. Dennoch verwunderte mich dieses merkwürdige Verhalten. Auf dem Flughafen herrschte ein hektisches Treiben. Maschinen kamen an und unzählige Fluggäste eilten durch die Gänge. Andere warteten in den großen Hallen auf ihren Flug. Dazwischen ertönten unzählige Meldungen und Hinweise aus den Lautsprechern. Und ich schob mich mit meinen beiden prall gefüllten Koffern zwischen all diesen Leuten und dieser verrückten Hektik hindurch. An meinem Abfertigungsschalter hievte ich die Koffer stöhnend aufs Förderband. Doch plötzlich hielt ich inne, starrte auf die junge Frau, die an der Abfertigung stand. Sie lächelte nicht und sah der jungen Frau aus dem Hotel verblüffend ähnlich. Ja, eine Sekunde lang glaubte ich sogar, sie sei es. Sie sprach kein Wort, kontrollierte mein Ticket und starrte mich immer wieder schweigend an. Es war ein seltsam kühler Blick, der mir durch Mark und Bein ging. Ich kann es heute gar nicht mehr erklären. Aber als sie mich so anstarrte, glaubte ich, sie bewegte nahezu unmerklich ihren Kopf hin und her. Beinahe so, als wollte sie mir sagen, ich sollte noch nicht fliegen. Als ich keine Reaktion zeigte, nahm sie einen meiner Koffer und trug ihn in einen kleinen Seitenraum. Dann tuschelte sie etwas zu ihrem danebenstehenden Kollegen. Der wiederum bat mich höflich, aber bestimmt, ihn in den Seitenraum zu begleiten. Ich wusste nicht, was ich zu diesem seltsamen Verhalten sagen sollte, meinte nur, dass ich diese Maschine unbedingt bekommen müsste. Die nächste würde erst am nächsten Tag gehen. Doch die beiden ließen sich nicht beirren. Die junge Frau starrte mich immer wieder mit ernstem Gesicht an und bewegte leicht ihren Kopf hin und her. Dabei schloss sie ihre Augen und ich erkannte Tränen, die über ihre Wangen rannen. In dem kleinen Seitenraum schließlich bat mich ihr Kollege, die Koffer zu öffnen. Er ließ sich

45

derartig lange Zeit, dass ich tatsächlich meine Maschine verpasste. Schimpfend und reichlich bedient suchte ich mir später einen Platz in einem der vielen Flughafenrestaurants. Durch die Glasscheiben beobachtete ich die junge Frau an der Abfertigung. Immer wieder schaute sie regungslos in meine Richtung. Ich konnte mir das nicht erklären. Immerhin war sie dafür verantwortlich, dass ich meinen Flug verpasst hatte. Es half nichts, ich musste zum Hotel zurück, um noch einmal dort zu nächtigen. Glücklicherweise war mein Zimmer noch nicht vergeben. Mit einem kleinen Trinkgeld, das ich verschämt über den Tresen schob, gelang es mir, noch eine Nacht dort zu bleiben. Es war gegen Abend, als ich ein wenig Radio hören wollte. Schon beim Einschalten bemerkte ich es: die Meldungen überschlugen sich, die Meldungen über einen verheerenden Flugzeugabsturz. Ich verstand genau, was der englische Reporter da sprach. Eine Air-France-Maschine mit 228 Passagieren … auf dem Weg nach Paris … mit der flugplanmäßigen Landung gegen 11:15 Uhr Ortszeit … abgestürzt. Alle Passagiere seien vermutlich dabei ums Leben gekommen. Als die Flugnummer „AF447" genannt wurde, lief mir ein eiskalter Schauer über den Rücken. Entsetzt starrte ich auf mein Flugticket und verglich. Dort stand ebenfalls die Flugnummer „Air-France – AF447". Später wurden einige Bilder von den Verunglückten im Fernsehen gezeigt. Eines der Bilder ließ mir das Blut in den Adern gefrieren! Es war das Bild der jungen Frau in der Abfertigung des Flughafens!

# Mordfall

Ich arbeitete damals im Police Departement „West" in Boston. Es gab unzählige Fälle, die ich bearbeiten musste – einige waren kurios, andere wieder einfach und klar. Beinahe achtzig Prozent der Mordfälle konnten wir aufklären, eine gute Bilanz. Doch meinen letzten Mordfall werde ich wohl nie vergessen. Es begann an einem schönen Sommerabend und veränderte mein restliches Leben. Ich saß auf meiner kleinen Terrasse und Tracy, meine Frau hatte mir einen Tee hinausgebracht. Schon seit Tagen litt ich unter starken Kopfschmerzen und ich wusste nicht genau, ob ich zum Arzt gehen sollte oder nicht. Als ich so saß und meinen Tee schlürfte, stand plötzlich eine junge Frau auf der Terrasse. Ich war sehr überrascht, weil Tracy immer bescheid gab, wenn Gäste kamen. Doch von der jungen Frau sagte sie nichts. Na, jedenfalls war ich sehr verdutzt und fragte die Frau, was sie hier will. Sie starrte mich mit weit aufgerissenen Augen an und antwortete nicht. Ich gebe zu, dass mir das sehr komisch vorkam. Und Tracy kam auch nicht. Immer wieder redete ich auf die Frau ein, doch sie stand nur schweigend da. Mir fiel auf, dass sie Blutspuren im Gesicht trug. Mit einer nervösen ungeschickten Handbewegung fegte ich schließlich das Teeglas vom Tisch. Umständlich bückte ich mich, um die Scherben aufzuheben. Als ich wieder hochkam, war die Frau verschwunden. Allerdings stand Tracy in der Tür und freute sich absolut nicht über meine Schusseligkeit. Sie schimpfte laut und nannte mich einen Trottel. Ich fragte sie, wo die junge Frau sei und was sie eigentlich wollte. Doch Tracy reagierte gar nicht, meinte nur, dass ich nicht ablenken möge. Von einer jungen Frau jedenfalls wollte sie nichts wissen. Irgendwie verdrängte ich den Vorfall. Vielleicht war die Frau ja auch durch den Garten gekommen. Wer weiß, manchmal vergaß einer von uns, das Gartentor zu schließen. Am nächsten Morgen wurde ich zu einem Mordfall in einen der Vororte gerufen. Und was ich dort sah, ließ mir das Blut in den Adern gefrieren. Im Keller des Mietshauses lag eine aufgedunsene Leiche. Sie war dort vergraben worden. Wegen Bauarbeiten wurde sie schließlich entdeckt. Als ich ihr Gesicht sah, erschrak ich fürchterlich – es war die junge Frau, die auf meiner Terrasse stand. Ich konnte mir das Ganze nicht erklären. Wieso kam diese Frau, die eigentlich tot war, auf meine Terrasse? Wie war das nur möglich? Oder hatte ich mir das alles nur eingebildet? Aber sie stand doch vor mir – ich wusste es genau! Die nachfolgenden Ermittlungen waren ebenso seltsam wie diese Erscheinung. Wochenlang kam unsere Ermittlergruppe nicht weiter in diesem Fall. Es gab weder Indizien noch Hinweise auf irgendeinen Täter. Wir tappten regelrecht im Dunkeln. Als ich die kleine Wohnung der Ermordeten noch einmal genauer und ohne die Kollegen unter die Lupe nahm, ging ich noch einmal von Zimmer zu Zimmer. Immer wieder versuchte ich mir vorzustellen, was sich hier abgespielt haben könnte. Da knackte es plötzlich im Badezimmer. Kurz verharrte ich und wartete ab. Doch es passierte nichts. Vorsichtig schlich ich ins Bad. Neben der Badewanne lag ein Fön. Ich wusste genau, dass der bei den Ermittlungen noch nicht da war. Ich zog mir Gummihandschuhe an und betrachtete ihn von allen Seiten. Er trug diverse Blutspuren und war am Luftaustritt leicht angesengt. War die Tote vielleicht in der Badewanne umgebracht worden? Hatte der Täter den Fön ins Badewasser geworfen? Noch einmal wurde die Wohnung durchsucht. Und man fand neue Erkenntnisse. Die junge Frau wurde allerdings nicht vom elektrischen Strom getötet. Sie wurde mit dem Fön in der Badewanne erschlagen. Die Blutspuren am Fön und die spezielle Wunde am Kopf der Toten bewiesen das eindeutig. Erst danach warf der Täter den Fön ins Wasser und erhoffte sich dadurch, dass die Blutspuren abgewaschen wurden. Doch das passierte offensichtlich nicht. Die plötzliche kleine Stichflamme, die beim Eintritt ins Badewasser entstand, versengte den Fön ein wenig an dessen Luftaustritt. Danach wurde die Leiche schließlich vom Täter irgendwie in den Keller verbracht. Doch wer konnte der Täter sein? Ihr Freund war es nicht – das wussten wir bereits. Doch mit wem hatte sich noch getroffen? Hatte sie noch andere Freunde, von denen wir nichts wussten? Arbeitete sie vielleicht im Rotlichtmilieu? Wir kamen mal wieder nicht weiter. Am folgenden Wochenende fuhr ich mit Tracy zu einem kleinen See. Es war ein heißer Tag und wir wollten baden gehen. Doch der rätselhafte Fall ging mir nicht aus dem Kopf. Nichts, aber gar nichts wies auf einen Täter hin. Aber es musste einen geben. Bis zum Abend lagen wir in der Sonne und genossen den herrlichen Tag. Das Wasser des einsam liegenden Sees war angenehm kühl. Als sich die Dunkelheit bereits über die nahen Berggipfel ausbreitete, ging ich ein letztes Mal ins Wasser. Tracy packte in der Zwischenzeit die Badesachen zusammen. Ich schwamm noch einmal ein Stück hinaus auf den See. Doch plötzlich begegnete ich einem jungen Mann. Er schwamm dicht neben mir her und schaute mich dabei immerfort an. Mir war der Mann zunächst gar nicht aufgefallen. Tracy und ich waren doch ganz allein am Seeufer, dachte ich. Lange schwamm der Mann neben mir her. Mir wurde das Ganze zu dumm und ich kehrte um. Der Mann allerdings tat es mir gleich – auch er wendete und schwamm wieder neben mir her. Ich rief laut: „Na, Sie bekommen wohl auch nicht genug. Ist schon ein schöner See." Der junge Mann jedoch starrte zu mir herüber und schwieg. Als ich am Ufer ankam, tauchte ich noch einmal, um auch den Kopf abzukühlen. Doch als ich wieder auftauchte, war der Fremde verschwunden. Das konnte doch nicht sein. Ich fragte Tracy nach dem jungen Mann. Doch die meinte nur, dass sie genug damit zu tun hätte, die Sachen zusammen zu packen. Verächtlich nannte sie mich einen Faulpelz. Ich trocknete mich ab und kontrollierte währenddessen die Umgebung mit scharfem Blick. Einen jungen Mann entdeckte ich jedoch nirgends. Wir waren ganz allein am Strand. Schließlich fuhren wir wieder nach Hause. Am nächsten Tag empfingen mich die Kollegen mit einer Hiobsbotschaft. Bei Tauchübungen im nahegelegenen See hätte man eine Leiche gefunden. Es handelte sich dabei um genau den See, an welchem Tracy und ich am vergangenen Tag war. Natürlich schaute ich mir den Mann sofort an. Ich ahnte es bereits – es war der junge Mann, der im See neben mir schwamm. Nun wusste ich mir wirklich keinen Rat mehr. Vollkommen irritiert stotterte ich von meinem Erlebnis beim Schwimmen. Die Kollegen warfen sich vielsagende Blicke zu und schmunzelten verständnislos. So etwas war mir in meiner jahrzehntelangen Dienstzeit noch niemals untergekommen. Wer erlaubte sich hier einen Spaß mit uns? Den ganzen Tag sinnierte ich über diese merkwürdigen Vorfälle. Irgendwann fanden wir heraus, dass es sich bei den beiden um Bruder und

Schwester handelte. Doch wer hatte sie umgebracht? Und warum erschienen ausgerechnet mir die beiden Toten als lebendige Personen? Ein Spuk? Da unser Haus renoviert werden musste, räumte ich unser gemeinsames Schlafzimmer aus. Dabei fiel mir ein alter Koffer vom Schrank. Er gehörte Tracy. Laut krachend fiel er auf den Fußboden und klappte auf. Dabei gab er unter Anderem mehrere Fotos preis. Auf denen erkannte ich die beiden, die tote junge Frau und den toten jungen Mann, und ich sah Tracy. Ich stellte sie zur Rede. Unter Tränen gestand sie mir, dass die beiden ihre Kinder aus erster Ehe waren. Und noch mehr kam ans Licht. Die beiden Kinder wussten von einem weit zurückliegenden Mordfall, den Tracys erster Ehemann verübt hatte. Der Vater starb zeitig an Krebs und konnte nicht mehr verurteilt werden. Und als es ans Erbe ging, erpressten die Kinder Tracy mit dem Mordfall. Weil jedoch Tracy beim Mord behilflich war, musste sie wohl Angst bekommen haben, alles käme nun ans Licht. So brachte sie die beiden eiskalt um. Sie hatte laut ihren Schilderungen einen Helfer namens Jim, der daraufhin ebenfalls als verschollen galt. Die beiden ließen die jungen Leute verschwinden. Nachdem sie ihre schreckliche Tat vollbracht hatten, versenkten sie den jungen Mann im See und begruben die junge Frau im Keller ihres Mietshauses. Ich konnte nicht fassen, welch unbegreifliche Grausamkeiten plötzlich zum Vorschein kamen. Das ausgerechnet meine geliebte Tracy eine gefühllose Täterin sein sollte, was für ein fürchterlicher Schock! Aber dass die beiden jungen Leute noch einmal zurückgekehrt waren, um mich auf ihre Spur zu locken, erschien noch viel mysteriöser. Und so kam es, dass Tracy verhaftete wurde und für Jahre ins Gefängnis wanderte. Ich ließ mich scheiden, denn mit all dem kam ich nicht mehr zurecht. Mit einer solchen Frau konnte ich keinen Tag länger zusammenleben. Dennoch wog die Erinnerung so schwer. All die vielen Jahre. All das Erlebte. Oft kramte ich die alten Fotos aus dem Schrank und betrachtete sie lange. Eines Abends saß ich mal wieder auf der Terrasse und dachte über diese unfassbaren Geschehnisse nach. Da erschien plötzlich ein Fremder im Garten und starrte mich wie versteinert an. Als er langsam näherkam, erstarrte ich. Er hatte blutige Hände und ein blaues Basecap auf seinem Kopf. Auf diesem stand mit großen Buchstaben der Name: JIM!

# Flug ins Jenseits

ach dem Tode ihres geliebten Ehemannes, wollte Brenda Miles alles stehen und liegen lassen und fortgehen. Sie dachte darüber nach, fortzugehen von diesem furchtbaren Ort. Zu tief war die Wunde, die der plötzliche Tod ihres Mannes in ihr gerissen hatte. Er saß damals im Rollstuhl und hatte keine Freunde, nur sie. Und seine Depressionen wurden eines Tages derart heftig, dass er keinen Sinn mehr in seinem Leben sah. Bei einer Überfahrt von den Bermudainseln nach New York stürzte er sich von der Fähre und keiner konnte ihn mehr retten. Brenda erbte zwar seine Millionen und das wunderschöne riesige Haus in der Lincoln Street. Doch das Leben erschien ihr nicht mehr lebenswert. Noch einmal wollte sie nach Paris fliegen, um bei ihrer alten und einzigen Freundin Ronda ein paar ruhige Tage zu verbringen. Ronda besaß eine kleine Pension und war schon sehr alt. Sie freute sich über Brendas Besuch und reservierte ihr ein schönes Zimmer. Als der Tag der Abreise kam, hatte Brenda so ein merkwürdiges flaues Gefühl. Es war das Gefühl, welches man hat, wenn man endgültig Abschied von etwas nimmt. Sie wusste genau, dass sie New York und ihr schönes Haus nie wieder sehen würde. Und sie ließ die Reisetaschen ins Taxi bringen und ging noch einmal nachdenklich durch alle Räume. Als sie zum letzten Zimmer auf dem langen Gang im Obergeschoss kam, vernahm sie ein merkwürdiges leises Stöhnen. Ein wenig irritiert schaute sie nach, doch sie konnte zunächst nichts sehen. Als sie wieder gehen wollte, sprach plötzlich jemand zu ihr: „Hallo Brenda."

Brenda bekam einen tüchtigen Schreck und sah vor der Terrassentür eine Gestalt. Regungslos stand sie zwischen den wehenden Gardinen der offenen Tür. Brenda konnte nicht sehen, wer es war, weil sie das hereinfallende Licht blendete. Doch die Stimme kam ihr irgendwie bekannt vor. Doch sie wusste beim besten Willen nicht, wer es sein konnte. Und wie war diese Person überhaupt hier hereingekommen? Zwar stand die Tür ein wenig offen, doch das Zimmer befand sich im ersten Stock. Und dieses Stockwerk lag in diesem Hause recht hoch. Die unbekannte Person sprach: „Sei nicht traurig, Du wirst ihn wiedersehen. Er ist nicht fern von Dir. Alles wird wunderbar werden."

Brenda konnte sich nicht erklären, was das alles zu bedeuten hatte. Möglicherweise spielten ihr ihre Nerven einen Streich. Zu viel hatte sie in den letzten Monaten mitmachen müssen. Zu schlimm waren die Verluste und zu traurig war der Abschied. Als sie auf die Person zuschritt, löste sie sich in Luft auf. An der Stelle, wo sie gestanden hatte, lag ein Buch. Brenda ging zur Tür und nahm das Buch an sich. Es war eine Bibel in einem schwarzen Ledereinband und sie strahlte so eine seltsame, aber angenehme Wärme aus. Plötzlich stieß eine starke Windböe die Flügel der Terrassentür weit auf. Brenda zuckte zusammen, fasste sich aber schnell wieder. Sie schloss die Tür und lief hinaus zum Taxi. Lange schaute sie zurück zu ihrem großen Anwesen und Tränen liefen ihr übers Gesicht. Sie dachte an die vielen Erlebnisse, die sie hier mit ihrem Mann John hatte. Nie konnte sie sich vorstellen, ihn zu verlieren. Und niemals wollte sie fortgehen von dieser schicksalsträchtigen Gegend. Doch das

Leben ging manchmal seltsame Wege. Und so würde sie in wenigen Stunden in der Maschine nach Paris sitzen und ihr bisheriges Leben würde nur noch Vergangenheit sein. Bei diesem Gedanken hielt sie ihre Hand auf die Bibel in ihrer Handtasche. Wieder spürte sie die gleichmäßige Wärme, die von diesem Buch ausging. In der Abfertigungshalle des Flughafens kam sie endlich wieder auf andere Gedanken. Das Treiben und die Geschäftigkeit von tausenden fremder Menschen brachten ihr ein wenig Kraft und Optimismus zurück. Dennoch war es ein Gefühl von Abschied, welches in der Luft lag. Es erfasste ihr Herz und ihre Seele und die Welt erschien ihr so anders als sonst. Sie spürte, dass irgendetwas mit ihr geschehen war. Die Maschine hob pünktlich um 10 Uhr ab. Die anfängliche Angst, die sie jedes Mal bei Flugantritt beschlich, wich einer gewissen Erwartung auf das Kommende. Würde sich Ronda freuen, wenn sie bei ihr erschien? Wie würde sie aussehen? Ging es ihr gut? Brenda schaute aus dem kleinen Fenster neben ihrem Sitz. Dabei trank sie einen Bourbon, den sie sich von der Flugbegleiterin bringen ließ.

Und die weißen Wölkchen unter der Maschine erweckten in ihr das Gefühl von Freiheit und Unabhängigkeit. So etwas hatte sie seit Jahren nicht mehr gefühlt. All die Jahre in New York, der Aufbau des Verlages, was für wilde Zeiten das doch waren. Irgendwie verflogen die Jahre dabei wie die Wolken im Wind. Und ihr Leben? Nach Johns schwerem Unfall musste sie sich schließlich selbst um alles kümmern. Kinder hatten sie keine und manchmal kroch Einsamkeit in ihr hoch. Obwohl sie an Johns Seite ein recht erfülltes Leben führen konnte, wurde dieses Gefühl immer stärker. Vielleicht lag das ja daran, dass sie ihn nicht mehr so erlebte, wie er einmal war. Seine Depressionen, seine Todesahnungen, der Rollstuhl. Brenda atmete tief ein und hielt die Luft kurz an. Sollte dieses Leben nicht anders verlaufen? Warum müssen wir Dinge so erleben und nicht anders? Sie trank den Whisky aus und wollte ein wenig schlafen. Da rüttelte es plötzlich und heftige Stöße erschütterten die Maschine. Einige Fluggäste schrien laut auf. Mehrmals wurde die Maschine hin und her geschleudert. Doch schnell beruhigte sich alles wieder, und da keine Meldung über die Lautsprecher verkündet wurde, glaubte auch Brenda, es sei alles wieder in Ordnung. Erneut schaute sie aus dem Fenster. Doch was war das? Die Wolkendecke hatte eine seltsam grauschwarze Färbung angenommen. War das Wetter schlechter geworden? Die komisch anmutende Wolkendecke waberte wie eine zähe Suppe auf und nieder. Irgendetwas schien nicht zu stimmen, oder träumte sie das nur? Auch konnte sie keine Sonne mehr entdecken. Es war düster und der Himmel war aschgrau und sah merkwürdig und angsteinflößend aus. Brenda erhob sich aus ihrem Sitz und lief durch die Maschine. Sie wollte nach vorn zum Piloten, um ihn zu dieser seltsamen Erscheinung zu befragen. Unterwegs fiel ihr auf, dass kein einziger Fluggast in seinem Sitz saß. Die Tür des Cockpits stand weit offen. Kein Pilot, keine Flugbegleiter, niemand schien mehr in der Maschine zu sein. Die Maschine war menschenleer! Brenda lief ein eiskalter Schauer über den Rücken! Was ging hier nur vor? War sie am Ende verrückt geworden? Sie zwickte sich recht unsanft in den Arm, doch es tat weh! Also war es kein Traum! Auch das gleichmäßige Singen der Triebwerksturbinen hörte sich nicht so an, als ob etwas nicht funktionierte. Die Maschine schwebte menschenleer in einem samtig grauen Raum ohne Zeit, ja, die Uhren standen! Der Sekundenzeiger ihrer Armbanduhr stand still. Sie befand sich wohl in einem Raum vollkommen ohne Zeit! Unter der Maschine teilte sich plötzlich die graue, wabernde Wolkendecke und gab den Blick auf das Meer frei. Doch auch das lag scheinbar ohne Wellengang wie ein riesiger lebloser See unter dem Flugzeug. Einen Horizont schien es nicht zu geben, überall war es düster und grau. Brenda musste sich erst einmal setzen. Sie nahm auf dem Pilotensitz Platz und wusste nicht, was das alles bedeutete. Wo waren nur all die vielen Menschen? Warum war nicht einmal mehr die Besatzung in der Maschine? So etwas konnte es doch gar nicht geben, denn sie waren doch in New York gestartet. Irgendjemand musste die Maschine doch auf ihren Kurs gebracht haben? War es vielleicht ein Flug ins Nirgendwo?

Plötzlich entdeckte sie im Gang eine Person, die in einem Rollstuhl saß. Brenda erhob sich von ihrem Sitz und schritt langsam auf die Person zu. Als sie vor ihr stand, erschrak sie sich beinahe zu Tode! Die Person war John, ihr Mann! „Oh mein Gott, John, wie kommst Du hierher", rief sie weinend. John lächelte und nahm sie in seine Arme. Sie konnte nicht fassen, ihren geliebten John in dieser Maschine wiederzusehen. Sie fragte ihn, wie er hierhergekommen sei. Doch er streichelte ihr sanft über die Wangen und meinte mit ruhiger Stimme: „Du brauchst keine Angst zu haben Liebling. Es ist gar nicht so unfassbar, wie Du denkst. Es ist etwas Wunderbares. Der Tod ist nicht das Ende. Im Gegenteil, er ist der Anfang eines neuen Seins. Wir werden nun immer zusammen sein. Schau, dort ist Emma, Deine Schwester, die schon sehr früh verstorben ist." Die vollkommen überforderte Brenda starrte in den Gang. Weiter hinten saß tatsächlich Emma. Als sie Fünfunddreißig war, starb sie an Krebs. Und jetzt? Sie war noch genau so jung wie damals. Die Zeit schien stehengeblieben zu sein. Überall in der Maschine saßen plötzlich Menschen, die sie kannte und die doch schon vor Jahren gestorben waren. Und John sprach leise zu ihr: „Wir sehen immer die Menschen, die wir geliebt haben. Ich sehe wieder andere Personen. Aber Dich habe ich ganz nah bei mir. Und das wird ewig so bleiben." Brenda spürte, wie sie immer leichter wurde. Sie spürte, wie alle Ängste und alle Unklarheiten wie ein lästiges Übel von ihr wichen. In diesem märchenhaften und zeitlosen Augenblick fühlte sie sich immer besser, immer sicherer. Sie hielt die Hand auf ihr Herz, doch was war das? Es schlug gar nicht mehr. Zunächst glaubte sie, den Schock ihres Lebens zu bekommen, doch sie fühlte sich gut. Sie konnte also nicht tot sein, oder? Ihre Schwester und auch die anderen Menschen, die sie kannte, winkten ihr zu, sprachen jedoch kein Wort. Sie saßen in ihren Sitzen und sahen ebenfalls merkwürdig grau und fahl aus wie das Meer und wie die dahinwabernden Wolken, die scheinbar leblos zum Horizont drifteten. John drückte Brendas Hand ganz fest an sich und meinte nur noch: „Jetzt lass uns heimgehen. Glaub mir, es ist wunderschön." Gleichzeitig verschwanden alle Personen aus dem ruhig dahingleitenden Flugzeug im Nirgendwo und die Bibel in Brendas Hand erstrahlte dabei so hell, wie ein Lichtstrahl.

Die Fluglotsen im Tower versuchten unteressen vergeblich, Funkkontakt mit der vermissten Maschine aufzunehmen. Das Flugzeug war plötzlich vom Radarschirm verschwunden. War sie ins Meer gestürzt?

Welches Schicksal ereilte all die Passagiere dieses Fluges? Suchtrupps fanden jedoch keinerlei Hinweise auf einen Absturz. Auch die Blackbox konnte nie gefunden werden. Die Maschine und sämtliche darin befindlichen Passagiere galten seither als verschollen. Und in Brendas verlassener Villa fand man eine leblose Person am Fenster ihrer Terrasse. Es war Ronda, Brendas Freundin aus Paris. In ihren Händen hielt sie ein kleines Kruzifix. Und eine Bibel in einem schwarzen Ledereinband trieb in den Fluten des Meeres, irgendwo in der Nähe des Bermudadreiecks.

# Sharkys letzter Fall

Gestatten – Ron Sharky. Ich bin von Beruf Kriminalbeamter und schon seit dreißig Jahren im Dienst. Morgen werde ich in den Ruhestand gehen. Doch gestatten Sie mir, dass ich Ihnen von meinem letzten unfassbaren Fall berichtete.

Es war vor drei Monaten, da flatterte plötzlich ein neuer Mordfall herein. Zu diesem Zeitpunkt ahnte ich noch nicht, dass mich dieser Fall nie wieder loslassen würde. Es handelte sich um einen grenzüberschreitenden Fall. Ein deutscher Tourist wurde tot in England aufgefunden. Unverzüglich wurde eine Mordkommission gebildet, die eng mit den Kriminalisten aus England zusammenarbeitete. Ich war der Leiter dieser Mordkommission und musste nach England reisen. In einer kleinen Pension, draußen auf dem Lande mietete ich mich ein. Dort lernte ich auch meinen Kollegen aus England zum ersten Mal kennen. Er stellte sich mit dem Namen Shepard Holes vor. Ein ruhiger, irgendwie geheimnisvoller Mensch, so schien es mir. Die alte Abtei, wo man den Toten fand, lag nicht weit entfernt von meiner Pension. Sie war verfallen und gehörte einem alten verdrehten Einsiedler. Der machte uns von Anfang an nur Schwierigkeiten und stellte sich mit seiner grenzenlosen Sturheit quer. Als er dann auch noch erfuhr, dass ich aus Deutschland komme, war der Ofen vollkommen aus. Oft gerieten wir heftig aneinander und wir mussten schließlich das Gelände von einer SOKO abriegeln lassen. Der Alte begriff, dass er von nun an mitzuspielen hatte und zog sich schweigend zurück. Mit mürrischer Miene beobachtete er uns bei den Ermittlungen. Und Shepard unterstützte mich tatkräftig dabei. Er schien sich ausgezeichnet auszukennen in dieser Gegend. Doch wenn ich ihn danach fragte, schwieg er beharrlich. Und obwohl er meinte, nie in dieser Gegend gewesen zu sein, bewies er bei den Ermittlungen einen außergewöhnlich scharfen Spürsinn. So etwas hatte ich in all meinen vielen Dienstjahren noch nie erlebt. Akribisch tüftelte er sich Dinge aus, auf die keiner von uns je gekommen wäre. Und so kam es, dass wir den Täter dank seiner Hilfe schnell finden konnten. Es stellte sich heraus, dass es der störrische Alte war, der den Touristen umgebracht hatte. Doch als wir den Alten festnehmen wollten, war der plötzlich verschwunden. Shepard sprach nicht sehr viel bei seiner Arbeit. Und so verwunderte es mich auch nicht, dass er plötzlich ebenfalls nirgends mehr zu finden war. Noch viel mehr wunderte ich mich jedoch, als ich einen seltsamen Anruf von einer etwas entfernten Polizeidienststelle, sie sich in London befand, erhielt. Ein Polizeibeamter hätte einen Täter verhaftet und dort abgeliefert. Er könnte nun den deutschen Behörden ausgeliefert werden. Ich wusste sofort, dass es nur Shepard sein konnte, der den Alten gefasst hatte. Als ich bei der Polizeidienststelle eintraf, war Shepard nicht mehr dort. Er hatte einen Bericht geschrieben und diesen für mich dort hinterlegt. Der zuständige Revierleiter händigte mir den Polizeibericht zusammen mit einem persönlich an mich adressierten Brief von Shepard aus. Ich öffnete den Brief und las den handschriftlich verfassten Text: „Guten Tag Ron, ich habe mir erlaubt, Ihnen den Täter mundgerecht zu servieren. Es war keine große Schwierigkeit, ihn zu finden. Es dauerte nur einen einzigen Tag. Er machte einen Fehler, den ältesten der Welt. Er hinterließ Unmengen von Spuren. Und als er türmen wollte, schnappten sie Handschellen zu. Aber nun verabschiede ich mich von Ihnen. Wir werden uns nie wieder sehen können. Sollten Sie aber dennoch einmal Fragen haben, so kommen Sie einfach zu mir in die Baker Street 221 b, im Londoner Stadtteil Westminster. Ihr Shepard Holes." Leider war die Unterschrift sehr unleserlich geschrieben, sodass ich große Mühe hatte, sie überhaupt zu entziffern. Auf der Rückreise in meine kleine Pension dachte ich über den sehr eigenartig geschrieben Brief nach. Die seltsame Wortwahl, die eigenwilligen Ausdrücke, ich fand das alles sehr mysteriös. Und was sollte dieser Satz: Wir werden uns nie wieder sehen können? Wollte er auswandern oder untertauchen? Oder hatte er eine schwere Krankheit und musste ins Krankenhaus? Ich verstand es nicht und spann mir die unmöglichsten Vermutungen zusammen. Und ich hatte plötzlich das unbändige Verlangen, mehr über Shepard zu erfahren. Wer war dieser geheimnisvolle Mann, dieser äußerst professionelle Kriminalist? Zu gern wollte ich ihm diese eine Frage stellen: Wie gelang es ihm, den Tätern so schnell auf die Spur zu kommen? Kurz entschlossen verlängerte ich meinen Aufenthalt und fuhr eines Abends wieder nach London. Nachdem ich mein Fahrzeug auf einem großen Parkplatz am Stadtrand abgestellt hatte, nahm ich mir ein Taxi, welches mich in die Baker Street brachte. Ich wies den Fahrer an, zu warten und suchte am Eingang des Hauses nach Shepard Holes Namensschild. Doch so sehr ich auch suchte, ich fand es nicht. Wie konnte das nur sein? Hatte sich Shepard verschrieben? Oder hatte ich mich verlesen? Noch einmal las ich den Brief, den mir Shepard geschrieben hatte. Aber es war kein Irrtum.

Dort stand wirklich „Baker Street 221 b". Irgendwie hatte ich plötzlich ein merkwürdiges Gefühl – hier stimmte etwas nicht! Shepard konnte sich unmöglich verschrieben haben. Shepard, der immer so genau war und sich nie irrte? Da passte irgendetwas nicht zusammen. War ihm am Ende etwas Schlimmes zugestoßen? Hatte er vielleicht gefährliche Feinde? Neben der angegeben Adresse entdeckte ich einen kleinen Laden. Dort erkundigte ich mich nach Shepard. Ich fragte, ob man den Namen dort schon einmal gehört hätte. Aber weder konnte man mit diesem Namen etwas anfangen, noch wusste man von einem Kriminalbeamten, der angeblich dort wohnen sollte. Irritiert ging ich zu meinem Taxi zurück. Der Taxifahrer erkundigte sich, wohin er mich nun bringen sollte. Eigentlich wäre ich am liebsten zum Parkplatz meines Wagens zurückgekehrt, wenn mir der Fahrer nicht ein Buch in die Hand gedrückt hätte. „Hier mein Herr, dann wird Ihnen die Fahrt nicht zu lang, bis wir bei Ihrem Wagen sind", sagte er freundlich lächelnd. Ich kam gar nicht zum Lesen, denn auf dem Einband erkannte ich Shepards Bild! Nanu, dachte ich, ist Shepard jetzt unter die Schriftsteller gegangen? Ich nahm das Buch und las den Titel, der unter dem Bild stand. Dabei lief mir ein eisiger Schauer über den Rücken! In goldenen Lettern stand dort geschrieben: „Die Kriminalfälle des Sherlock Holmes"

# Geistersee

armen liebte die Einsamkeit. Immer, wenn es passte, floh sie aus der hektischen Stadt, um irgendwo draußen in der Natur Urlaub zu machen. Diesmal sollte es ein See im wunderschönen Mecklenburg-Vorpommern sein. Malerisch lag der kleine See zwischen den Bäumen des stillen Waldes und das kleine Ferienhaus schmiegte sich idyllisch zwischen die Bäusche und Sträucher. Es regnete ein wenig, als sie den See erreichte. Doch sie verschanzte sich nicht etwa in dem kleinen Ferienhaus, nein, sie setzte sich mit ihrem Regenschirm an den Strand und genoss die Ruhe. Weil sie abschalten wollte und noch immer den Lärm der großen Stadt Berlin in ihren Ohren hatte, bemerkte sie gar nicht, dass ein dumpfes Grollen über die Wasseroberfläche kroch. Als sie es schließlich doch bemerkte, war es bereits zu spät. Schäumend und rumorend teilte sich die Wasserober-fläche vor ihr und irgendetwas wurde an Land ge-spült. Als Carmen genauer hinsah, traf sie beinahe der Schlag. Denn das, was da vor ihr lag, war ein toter Mensch! Allerdings war er in irgendetwas eingewi-ckelt. Carmen war derart überrascht, dass sie sich zunächst gar nicht bewegen konnte. Wie gelähmt starrte sie auf den Toten und wusste nicht, was sie tun sollte. Schnell zog sie ihr Mobiltelefon aus der Tasche und wollte die Polizei rufen. Doch es war genau wie in einem schlechten Film, sie hatte kein Netz. Und als ob das noch nicht alles war, schäumte erneut das Wasser wild auf und umschloss sie wie ein Ring. Carmen saß wie auf einer Insel und das schäumende

Wasser um sie herum schien sie nicht mehr fortlassen zu wollen. Immer näher kamen die Wogen an sie heran und schienen sie wohl schon bald gierig in sich verschlingen zu wollen. Da erblickte sie einen Baumstamm, der wehrhaft in der schäumenden See standhielt. Schnell sprang sie auf den Baumstamm zu und staunte, dass sie so flink an dem Stamm emporklettern konnte. In einer Astgabel ganz oben hielt sie inne und musste sich erst einmal verschnaufen. Unter sich sah sie das tosende Wasser und konnte gar nicht verstehen, was da vor sich ging. Vermutlich war der Mann, der tot am Ufer lag, auf die gleiche Weise ums Leben gekommen. Nur hatte er es nicht mehr geschafft, diesen Baumstamm zu erreichen, der ihm vielleicht das Leben hätte retten können. Dennoch war auch für sie die Lage sehr ernst und es sah beinahe so aus, als wenn sich schon in Kürze auch ihr Schicksal gegen sie wenden würde. Aber da beruhigte sich der See wieder und das Wasser zog sich zurück. Es schien beinahe so, als wenn der See nur drohen wollte, nur ja nicht zu nahe an irgendetwas zu kommen. Und weil Carmen so schnell auf den Baum geklettert war, bestand keine Gefahr mehr für den See. Was jedoch konnte es in diesem See schon für ein Geheimnis geben? Carmen beschloss, der Sache auf den Grund zu gehen. Doch dazu musste sie erst einmal vom Baum herunter, und die Angst vor dem Abstieg war groß! Sollte sie es wirklich wagen? Was, wenn es gleich wieder los ging? Sie musste es tun und kletterte vorsichtig und mutig auf das steinige Ufer zurück. Der Tote war sonderbarerweise wieder weggespült worden, fast schon so, als wollte es der See nicht zulassen, dass der neue Gast Carmen gleich die Polizei holte. Dennoch konnte er die Tatsache nicht wegspülen, denn Carmen hatte den Toten nun einmal gesehen und sie würde ganz sicher schon bald die Polizei alarmieren.

Als die junge Frau in der sicheren Hütte unter den Bäumen war, schaute sie nachdenklich aus dem Fenster zum See hinüber. Noch wollte sie die Polizei nicht holen, denn es dämmerte bereits und in der Nacht wollte sie keinesfalls am Ufer des Sees verharren, um auf die Beamten zu warten. An Schlaf war allerdings auch nicht zu denken, und so holte sie sich stattdessen einen Stuhl, um sich am Fenster zu postieren. Sie musste versuchen, wach zu bleiben, damit sie den See im Auge behalten konnte. Gegen Mitternacht vernahm sie wieder dieses rätselhafte Grollen, welches sie schon beim Eintreffen an diesem Gewässer bemerkt hatte. Es rumorte und brummte derart heftig, dass Carmen keine Schwierigkeiten hatte, wach zu bleiben. Vielleicht war es tatsächlich eine Warnung, jedenfalls traute sich die junge Frau die ganze Nacht über nicht aus der Hütte.

Die ganze Zeit über hatte sie darüber nachgedacht, ob sie überhaupt jemanden holen sollte. Und sie fand, dass sie ihre Beobachtungen nicht beweisen konnte. Denn der Tote war nicht mehr da und der See lag ruhig, als sei nie etwas gewesen. Nein, sie musste sich lediglich entscheiden, ob sie bleiben wollte oder doch wieder nach Hause fahren mochte. Sie blieb und suchte nach einer Sonnenliege. Im hinteren Teil der Hütte fand sie einen hölzernen Sonnenstuhl. Denn schleppte sie ans Ufer und legte sich in die Sonne. Der Latte Macchiato schmeckte wunderbar und es schien, als wenn dieser neue Tag frei von allem Bösen sein würde. Bis auf die Tatsache, dass es ab und an mal leise brummte, tat sich nichts mehr. Irgendwann fand sie das Ganze auch gar nicht mehr so schlimm. Vielleicht hatte sie sich ja den Toten auch nur eingebildet oder es war ein Gag, den man sich extra für die meist einsamen Urlauber hier draußen ausgedacht hatte? Sie wusste es nicht und schob all ihre verrückten Erlebnisse kurzerhand ins Reich der Fantasie.

Als es ihr immer wärmer wurde, wollte sie doch ins Wasser, um sich ein wenig frisch zu machen. Auch war das andere Ufer ganz nah, sodass es sicherlich keine Schwierigkeiten gäbe, dorthin zu schwimmen. Vorsichtig benetzte sie ihre Zehen mit dem frischen klaren Wasser. Ach, wie herrlich das doch war, und dann dachte sie gar nicht länger nach und lief laut „Juhu" rufend in den See hinein. Mehrmals schwamm sie die kurze Strecke hin und zurück und fühlte sich dabei immer besser. Plötzlich jedoch schien es ihr, als wenn sich die Beschaffenheit des Wassers abrupt änderte. Und ausgerechnet jetzt war sie genau in der Mitte des Sees. Als sie mit ihren Händen das Wasser untersuchte, erschrak sie fürchterlich, denn das Wasser war kein Wasser mehr, sondern zähes rotes Blut! Erschrocken und ängstlich paddelte sie in der zähflüssigen Brühe bis zum Ufer zurück und lief sofort zur Hütte. Sie zitterte am ganzen Leibe und spülte das Blut mit einem Kanister Wasser von ihrer Haut. Als sie zum See zurücklief, war da wieder reines frisches Wasser, so, als sei es niemals anders gewesen. Jetzt wurde es ihr zu bunt, sie wollte nur noch weg! Hastig packte sie ihren Trolley und warf ihn in ihren Wagen. Unterdessen schäumte das Wasser des Sees wieder auf und erhob sich bedrohlich hoch in die Luft. Immer näher kam es und es rauschte dabei ganz fürchterlich. Carmen startete den Wagen, doch es war wie verhext, der Motor sprang einfach nicht an. Immer wieder versuchte sie es und endlich, als das schäumende Wasser wie eine drohende Wand hinter ihr angekommen war, heulte der Motor laut auf. Panisch gab sie dem Wagen die Sporen und schaffte es gerade noch rechtzeitig, der riesigen Wasserwand zu entfliehen. Die Hütte allerdings war nicht mehr zu retten, sie knickte zusammen als sei sie aus Streichhölzern errichtet. Das gesamte Areal verwüstete die Monsterwelle und Carmen schaffte es gerade so bis zur Straße. Dort war nichts mehr von der Wasserwand zu sehen und es wurde wieder still. Lange fuhr die junge Frau, bis sie schließlich ein Motel erreichte. Offenbar waren keine Geäste da, denn es stand lediglich ihr Fahrzeug auf dem naturbelassenen Parkplatz. Am ganzen Leibe zitternd lief sie in das Haus und setzte sich in die kleine Gaststube. Sie musste sich erst einmal einen ordentlichen Schnaps genehmigen, damit sie wieder ruhig wurde. Nach dem dritten Schnaps spürte sie, wie die Wärme in ihre Glieder und schließlich auch in ihren Leib zurückkehrte. Die neugierige Wirtin setzte sich zu ihr und erkundigte sich, wie es ihr ging. Carmens Zunge war durch die Schnäpse ein wenig gelockert und so erzählte sie von dem sonderbaren furchterregenden See. Interessiert hörte sich die Wirtin alles an und wurde doch sehr nachdenklich dabei. Dann kratzte sie sich auf der Stirn und meinte mit recht düsterer Stimme: „Ja ich weiß, das hat schon einmal ein Urlauber berichtet, die dort Ferien machen wollte. Allerdings habe ich ihn später nie mehr gesehen. Dafür machte eine alte Geschichte die Runde. Es hieß, dass vor hundert Jahren eine junge Frau dort gelebt haben sollte. Sie konnte keine Kinder bekommen und betete jeden Abend am Ufer des Sees, doch endlich schwanger zu werden. Eines Tages badete sie in dem ruhigen Wasser des Sees und einen Tag später gebar der See ein Baby, es war ein kleiner Junge. Und man munkelt, dass der See gar kein See sei, sondern eine Gebärmutter, die in ihrer Flüssigkeit neues Leben entstehen lässt, und unter keinen Umständen und von niemandem gestört werden will." Carmen konnte es nicht glauben, sollte das wirklich alles der Wahrheit entsprechen? Als sie in das Gesicht der Wirtin schaute, ahnte sie jedoch, wie sie das verstehen musste. Denn die Wirtin schaute gar nicht mehr so freundlich wie eben noch, sondern ziemlich ernst. Und ihre plötzlich feuerrot aufblitzenden Augen untermalten gespenstisch ein monotones Rumoren und Grollen, das Carmen schon einmal irgendwo gehört zu haben glaubte.

# Parker's Albtraum

Der äußerst erfolgreiche Konzernchef Stephen Parker war auf der Suche nach neuen Absatzmärkten. Nachdem es seine wundervolle Suspensorien-Firma von „Null" auf „Hundert" in nur zehn Jahren schaffte, schien für ihn nun das schöne und geheimnisvolle Asien das gefundene Fressen zu werden!

Es war der Tag, an dem es hieß, Gott würde auf die Erde schauen, um zu sehen, was seine Geschöpfe so trieben, da machte sich Parker auf seinen glorreichen Siegeszug. Er wollte nach Schanghai, um dort seine neuesten Verträge abzusichern. Er hatte sogar schon die zukunftsorientierten Vorschläge nagelneuer umweltfreundlicher Suspensorien, extra für die stets freundlichen Asiaten, im Petto. Ging alles so, wie er es sich erträumte, würde seine Firma schon bald die mächtigste der Welt sein. Der Privatflieger seiner ureigenen „Parker-Air" stand schon bereit, und der Abschied von der alten Heimat schien nicht wirklich tränenschwer. Denn die Familie war längst beim Packen und schon bald würde auch sie in die geheimnisvolle Region des scheinbar ewigen Lächelns folgen. Im Flieger gab es alles, was das Herz begehrte: Schampus, Kaviar und Hummer ohne Ende! Und so rekelte sich Parker zufrieden auf dem weißen Büffel-Ledersofa vor seinem vergoldeten Tablett-PC und beduselte sich dabei mit den allerneuesten Zahlen seiner Firma. Nahezu jeder halbwegs auf sich haltende männliche Zeitgenosse schien neuerdings ein Suspensorium seiner ach so familienfreundlichen und umweltbegeisterten Werke ergattern zu wollen. Plötzlich geriet das Flugzeug in starke Turbulenzen! Parker hatte das schon oft erlebt und geriet nicht sonderlich in Angst. Außerdem war die nähere Zukunft, das, was er erreichen konnte, viel stärker als das bisschen Wackeln einer winzigen Privatmaschine. Doch es hörte einfach nicht mehr auf und laut polternd fielen die kostbaren Errungenschaften der modernen Zivilisation durch den mit teurem Plüsch ausgelegten Gang, auch Parker selbst. Zwischen dem heruntergeklappten Notsitz und dem aufgesprungenen Aktenkoffer mit seiner modernsten „Asia-Suspensorien–Kollektion" blieb er liegen und hatte große Schmerzen. So bemerkte er nicht, wie der Pilot hektisch gestikulierend in die Kabine stürmte, um zu berichten, was sich rund um die Maschine tat. Denn nicht etwa ein schweres Gewitter oder eine plötzliche Sturmfront hatte den Flieger in der Gewalt – es war ein unvorstellbar großer Wirbel, der aschgrau das Flugzeug in sich einhüllte. Das Flugzeug trudelte steuerungslos durch den Strudel und schien wohl bald zu zerbrechen wie ein Streichholz zwischen zwei Fingern. Der Pilot half Parker wieder auf die Beine und die beiden humpelten umständlich nach vorn ins Cockpit. Was der schon einiges gewohnte Parker da zu sehen bekam, ließ ihm das Blut in den Adern gefrieren. Sämtliche Instrumente flackerten wirr auf, um danach gleich wieder zu erlöschen. Weder eine Anzeige noch eine Sicherheitseinrichtung funktionierte noch. Die Maschine schien ein Spielball dieses riesigen, Furcht einflößenden Strudels zu sein. Zitternd hielten sich die beiden verwirrten Passagiere an der Tür fest und waren einfach nur starr vor Schreck. Allmählich wurde es wieder ruhig und es schien, als sei der merkwürdige Spuk vorüber. Doch plötzlich verwirbelte sich der aschgraue Strudel, und aus dessen Innerem tauchte eine riesige blutig-rote Hand vor der Maschine auf. Sie schien sich aus den tosenden Wolken, aus dem todbringenden aschrauen Strudel, wie aus einer lebendigen Eizelle gebildet zu haben. Parker und sein Pilot konnten nicht einmal mehr schreien, so grauenvoll erschien ihnen der Anblick jener Monsterhand. Und ehe sich die beiden versahen, packte die riesige Hand das Flugzeug und nahm es mit sich. Es wurde stockdunkel in der Maschine und die beiden hilflosen Passagiere waren längst vom heftigen Herumwirbeln des Flugzeugs unsanft auf den Boden geworfen worden. Als es wieder ruhig wurde, krochen die beiden stöhnend hervor und starrten ungläubig durch das dicke Glas der Bullaugen. Offenbar waren sie noch am Leben und die Maschine flog – so viel schien sicher. Doch wo befanden sie sich? Parker versuchte, Kontakt mit einer Bodenstation aufzunehmen. Irgendwer musste sie ja hören. Aber aus den Lautsprechern drang lediglich ein monotones Knistern und Rauschen. Am Geigerzähler bemerkte der Pilot eine unglaublich hohe radioaktive Strahlung! Befanden sie sich etwa noch immer in dieser übermächtigen Teufelshand? Da zuckte ein greller Blitz aus dem Inneren der Schwärze hervor und schien alles zu vernichten, was sich auf seiner Bahn befand, auch das Flugzeug mit Parker und dem Piloten. Doch welch Wunder, abrupt endete dieser vermeintliche Totentanz und Parker starrte in eine merkwürdige Leere hinein. War das vielleicht das Ende der Welt, oder war das die unbekannte schwarze Materie, von der man nicht wusste, was sie wirklich war? Aus der gähnenden Leere formte sich eine Kugel. Schnell wuchs sie zu einem mächtigen Gebilde, zu einem riesigen Raum, zu einer übergroßen Halle heran. Längst glaubte Parker gestorben zu sein und ließ alles willenlos mit sich geschehen. Wie von Geisterhand getragen schwebte er in diese sonderbare Halle hinein und konnte sich nicht erklären, warum es einerseits so dunkel, andererseits auch wieder so hell um ihn herum wurde. Doch dann wich dieses Wechselspiel von Hell und Dunkel einem blutigen Rot. Seltsame Geräusche drangen an seine Ohren. Alles schien unwirklich und bedrohlich zu sein. Wo war er nur? War das vielleicht Gott, der ihn nun zu sich holte? Sah so allen Ernstes der Himmel aus? Oder war er in der Hölle beim Teufel gelandet? Sein Atem schien zu stocken und wurde schwer-sehr schwer. Atmete er überhaupt noch? An den purpurnen schwingenden Wänden, die nach oben keine Grenzen zu haben schienen, thronten seltsam geformte gläserne Sarkophage. Als Parker in einen dieser bedrohlich wirkenden Sarkophage schaute, erschrak er fürchterlich. In einer roten pulsierenden Flüssigkeit lagen da recht bekannte Dinge herum: ein Rad, eine komplette Maschine, ein Flugzeug, eine Rakete. Parker konnte sich das alles nicht zusammenreimen. Doch dann ahnte er, was es sein könnte. Das da vor ihm waren all die ungezählten Errungenschaften der Menschheit und der westlichen Welt! Er schien sich in einer Art Bibliothek des menschlichen Wissens aufzuhalten. Aber wie kam nur all dieses Wissen an diesen verklärten unwirklichen Ort? Sollte wirklich Gott … oder doch der Teufel … nein, unmöglich! Da spürte er plötzlich einen unerträglichen Stich in seinem Hirn. Wie in Zeitlupe torkelte er zu Boden und spürte im selben Augenblick, wie eine übermächtige Kraft an seinen verwirrten Gedanken nagte. Wollte man nun auch sein ureigenstes Wissen stehlen? Sollte sein Wissen etwa auch in diese Bibliothek des Grauens einfließen? Er wollte es nicht und stemmte sich mit aller Macht gegen dieses bedrohliche Gefühl. Und zunächst gelang es ihm auch – langsam wurde er wieder frei von diesem fremdartigen Stechen. Am scheinbaren Ende der Halle entdeckte er eine fluktuierende silbrige Wolke. Übermächtig schwebte sie über dem samtig grau wabernden Boden und wurde mal größer und mal kleiner. Sämtliche Sarkophage waren durch glitzernde Fasern und schillernde Sehnen mit dieser Wolke verbunden. Als sich Parker der Wolke näherte, fühlte er, wie sich auch sein Denken mit diesem Gebilde verband. Er konnte sich einfach nicht dagegen wehren. Und nun sah er auch, was diese vermeintliche Wolke wirklich war – es war ein überdimensionales pulsierendes menschliches Gehirn! Es saugte alles, was sich in der Halle befand, und auch Parkers Wissen gierig in sich hinein. Parker fühlte sich ohnmächtig und wusste nicht mehr, ob ihn Gott für seinen plötzlichen Suspensorien-Erfolg belohnen oder ob ihn der Teufel für seine Gnadenlosigkeit und für seine Gier nach Macht und Reichtum bestrafen wollte. War sein Aufbruch nach Osten wirklich falsch? Schweißgebadet und kraftlos fiel er schließlich zu Boden und schien all seine Gedanken verloren zu haben. War er nun endgültig gestorben?

Ein sonderbares monotones Rauschen drang an seine müden Ohren. Wo war er nur, in der Hölle? Aber wo blieb dann der Teufel? Es war der Pilot, der geduldig grinsend vor ihm stand! Und in treuem Gehorsam half er seinem Chef sogar aufzustehen. Offenbar war Parker durch die starken Turbulenzen im Flugzeug der Länge nach hingefallen und hatte dabei das Bewusstsein verloren. Irgendwie schmerzte alles in seinem Körper, und er erkundigte sich ängstlich und leicht verwirrt nach dem Allmächtigen. Der Pilot wusste nicht, was sein sonst so bodenständiger Chef da vor sich hin faselte. Er hatte doch nur ein Fax aus Schanghai erhalten und wollte es Parker ergebenst überreichen. Erleichtert und laut stöhnend ließ der sich unterdessen in seinen weichen Massagesessel fallen und war froh, alles nur geträumt zu haben. Als es ihm endlich wieder etwas besser ging, las er die Nachricht. Darin stand jedoch nicht etwa, dass man in China eine ordentliche Lieferung seiner neuesten Suspensorien orderte. Nein, es war die niederschmetternde Botschaft, dass eine Landung in Schanghai zurzeit nicht möglich sei. Eine seltsame Schlechtwetterfront hielt sich hartnäckig über der Landebahn. Und als Parker die angehängten Fotos der düsteren Nachricht betrachtete, traf ihn beinahe der Schlag. Denn das vermeintliche Schlechtwettergebiet hatte die Gestalt einer riesigen blutig-roten Hand, in deren höllenschwarzem Würgegriff sich eine seltsame Kugel zu formen schien!

# Die Bombe

Ein Radiosender war in die Luft geflogen. Es hieß, dort waren Terroristen am Werk und die hätten schließlich die Bombe gezündet. Glücklicherweise kam niemand ums Leben, doch die Gefahr war da. Und als dann auch noch die unfassbare Nachricht die Runde machte, dass eben diese Terroristen im Besitz einer Wasserstoffbombe seien, war die Panik groß!

Nicht der Radiosender schien mehr Thema und auch nicht die Tatsache, dass es Terroristen waren, nein, die H-Bombe beherrschte von nun an die Medienwelt. Leider wurde nicht richtig recherchiert und die alte Krankheit der Desinformation grassierte mal wieder gefährlich durch die Lande. Dennoch glichen die großen Städte bestens bewachten Festungen, die wirklich alle technischen und menschlichen Möglichkeiten zu nutzen im Stande waren. Tatsächlich erschien wohl niemand mehr vor den Kontrollen der Einsatzkräfte und der neu gegründeten Androiden-Streifen (Roboter-Polizei), die seit einigen Tagen die Straßen durchquerten, sicher. Gegen die Androiden gab es keinerlei Waffen. Sie steckten alles weg und es schien, als wenn sich die Terroristen angesichts der übermächtigen Kontrollen nichts mehr getrauten. Brent wusste von alledem und wollte dem bösartigen Treiben ein Ende setzen. Er war Terroristenjäger und er glaubte sich auf der richtigen Spur. Die Androiden-Polizei lief beinahe stündlich Streife und Brent musste sich vor ihnen verbergen. Er wollte an den Stadtrand, um sich unerkannt mit einem der Terroristen, von dem er hoffte, er würde hinter alledem stecken, zu treffen. Als er in seinem Briefkasten jedoch ein mysteriöses Schreiben vorfand, in welchem angekündigt wurde, dass die H-Bombe schon in wenigen Stunden hochgehen sollte, wusste er auf einmal doch nicht mehr, an welchem Ende er suchen sollte. All seine Vermutungen, all sein Spürsinn schien falsch zu sein. Er kannte Namen, Hintermänner und Verflechtungen, doch diese Schrift, in welcher der Brief verfasst wurde – noch nie hatte er sie gesehen. Wieder war er am Anfang und er wusste einfach nicht mehr weiter. Nachdenklich saß er am Ufer der portugiesischen Atlantikküste und überlegte. Es dämmerte bereits und das Meer lag ruhig und friedlich, so, wie es immer war, vor ihm. Plötzlich und wie aus dem Dunkel der Nacht entsprungen fuhr ein greller Blitz aus den Wolken. Brent wollte schon nach Hause eilen, weil er glaubte, ein Gewitter beginnt, aber es folgte kein Donner. Auch einen weiteren Blitz gab es nicht, dafür bildete sich vor ihm ein rechteckiger lichtdurchfluteter Kasten. Ängstlich und erschrocken versteckte sich der sonst so mutige Brent hinter einem Felsen. Der Lichtkasten war mannshoch und schien wie ein Korridor, ein Korridor nach irgendwohin. Brent rieb sich die Augen, wollte all das einfach nicht glauben – vielleicht spielte ihm sein Verstand einen Streich, vielleicht war aber auch die Aufregung der letzten Tage und Stunden einfach viel zu viel?

Aus dem Lichtkasten trat ein fremder Mann in einem blauen Anzug auf den steinigen Weg. Er blickte sich nach allen Seiten um und schien sich irgendwie nicht zurechtzufinden. Brent überlegte, sollte er sich zeigen? Sollte er seine sichere Deckung verlassen, um den Fremden anzusprechen? Er musste es wagen, er wollte es so! Und so verließ er ein wenig zögerlich seine Deckung und stand Augenblicke später vor dem fremden Mann. Plötzlich verschwand das Lichtfenster und nur die blutrote Sonne versank im atemberaubend blankgeputzten Ozean. Da standen sie nun, zwei Menschen, von denen keiner wusste, wen er gerade vor sich hatte. Brent fasste sich als erster. „Wer bist du? Woher kommst du", stieß er hervor und wartete dann eine Weile ab. Der Fremde musterte Brent eine ebenso lange Ewigkeit, bevor er endlich etwas sagte. „Ich bin Faso", antwortete er dann und Brent staunte, denn der Fremde sprach eine Sprache, die er gut kannte, deutsch! Diese Sprache hatte er viele Jahre studiert und ihm seinen Beruf als Journalist ermöglicht. „Ich komme aus Quark", sprach der Fremde weiter, „es ist ein riesiges Land und wir schreiben das Jahr 3655 nach Christus." Brent blieb vor lauter Erstaunen der Mund offenstehen. Sollte das, war er da hörte, ja selbst was er sah, wirklich wahr sein? Wurde er am Ende gar ein Opfer seiner eigenen verrückten Fantasien? Der Fremde grinste ein ganz klein wenig, schien sich wohl über Brents Unsicherheit zu amüsieren. Doch dann wurde er wieder ernst und sagte: „Brauchst keine Angst zu haben. Ich bin auch ein Mensch wie du. Nur das ich eben aus einer anderen Zeit komme. Wir testen gerade die Zeitflüge und wir suchten deine Zeit ganz gezielt heraus. Ich weiß, dass du Sorgen mit einem verheerenden Sprengsatz hast. Ihr nennt ihn wohl H-Bombe. Doch du brauchst keine Angst zu haben. Die Bombe wird sofort eliminiert. Ich weiß, wo sie ist. Komm zu mir und wir gehen dorthin." Brent konnte nicht glauben, was er da hörte. Sollte dieses Geschwätz von diesem Unbekannten wirklich echt sein? Was, wenn es ein gut ausgebildeter Terrorist war? Der vermeintliche Faso schien das zu verstehen, offenbar verständigten sich die Menschen in der Zukunft auf diesem Wege. Und er war einverstanden, wollte natürlich schnellstens zu dem Ort, wo die gefährliche H-Bombe lagerte.

Noch ein wenig zaghaft, aber zielsicher trat Brent neben Faso und plötzlich verschwand die Umgebung wie in einem Meer aus Licht. Genau so schnell wie alles verschwand, erschien es auch schon wieder und die beiden Reisenden schwebten über einer kleinen Stadt. Brent erkannte den Ort sofort. Es war eine kleine unbedeutende Stadt am Meer. Wie im Märchen sah sie aus und die Stille in der Wolke, die ganz und gar aus Plasma zu bestehen schien, driftete wie eine Feder über der düsteren Landschaft. „Keine Sorge", sagte Faso, „niemand kann uns sehen. Aber wir sehen dafür alles." Langsam flogen die beiden bis zu einem flachen Gebäude am Rand der Stadt. „Hier befindet sich die Bombe", sagte Faso ruhig. Er war so ausgeglichen und überlegt, dass Brent beinahe schon neidisch wurde. Doch dann blieb ihm erneut der Mund offenstehen. Denn aus dem Gebäude erhob sich irgendetwas. Als es in der Plasmawolke war, erschrak Brent fürchterlich. Es war die H-Bombe, die so groß wie ein Mittelklassewagen neben ihm schwebte. Die abenteuerlichsten Gedanken schwirrten ihm durch den Sinn: „Was, wenn das Ding hochging, alles wäre mit einem Blitz zu Ende!" Faso hingegen betrachtete sich die Bombe sehr interessiert und meinte dann so ruhig wie eben: „Interessant, so sieht also der leibhaftige Tod aus. Warum nur habt ihr es einfach nicht geschafft, solcherlei fürchterlichen Dinge für immer zu eliminieren?" Brent wollte etwas sagen, doch da bemerkte er, wie aus dem Haus, aus welchem die Bombe gekommen war, Dutzende Menschen strömten und wild um sich schossen. Allerdings trafen sie nichts, denn die Androiden-Polizei war schon vor ihnen dort. Die Männer, bei denen es sich um die gefährlichen Terro-

risten handelte, wurden festgenommen und abge-
führt. Doch da war ja noch die gefährliche H-Bombe.
Würde die tatsächlich nicht hochgehen, und was,
wenn sie mit einem Zeitzünder versehen war? Aber
da grinste Faso wieder so komisch und Brent wusste,
dass nichts Schlimmes mehr geschehen könnte. Faso
meinte, dass er nun wieder zurückmusste, zurück in
seine Welt, zurück ins Jahr 3600. Brent verstand das
und die Plasmawolke raste zurück zu der Stelle, an
welcher sich die beiden jungen Männer aus den un-
terschiedlichsten Welten kennengelernt hatten. Faso
hatte die Bombe mit einer sonderbaren Flüssigkeit
überzogen und gemeint, dass dies eine Art Konservie-
rung sei. Doch Brent verstand auch das nicht, wollte
stattdessen noch so vieles von der so weit entfernten
Zeit wissen. Und Faso erzählte ihm von Überräumen
im Weltall, von Raumtransporten durch Wurmlöcher
und von Erkenntnissen über die Entstehung des Uni-
versums. Es war sogar gelungen, hinter den sogenannten Urknall zu schauen und die Singularität zu
verstehen. Demnach war die gesamte Entstehung des
Alls ein einziges Wiedergebähren und Zerfallen. Und
natürlich hatte alles etwas mit einem gewissen Plan
zu tun, den man erst einmal begreifen musste. Aber
über die Zivilisation, aus welcher er kam, sprach er
nicht. Er meinte, dass es Brent wohl nicht verstehen
könnte, wie die Menschen in dieser fernen Zeit lebten.
Sie waren nicht mehr so, wie sie zu Brents Zeit her-
umliefen. Sie hatten längst ihre Körper in ewig existie-
rende Erbinformationen getauscht und hatten ihr
Denken auf eine wesentlich höhere Ebene gestellt, in
welcher sie nicht mehr mit nur drei Dimensionen
dachten, sondern mit fünf. Brent staunte und als sie
sich verabschiedeten, schien es ihm, als wenn eine
Träne über seine Wange glitt. Zu gern hätte er diese

fremde Gesellschaft kennengelernt, die wohl doch einen recht menschlichen Ursprung in sich trug. Und als Faso mit seiner Plasmawolke in dem Lichtfenster verschwand, war sich Brent sicher, dass sich irgendwann alles ändern würde. Nur, warum wollte Faso die H-Bombe mit sich nehmen? Seine Gesellschaft hatte doch ganz bestimmt längst Waffen, die viel intensiver als eine solche Bombe sein würde. Kannten sie überhaupt noch Waffen oder lebten sie in Frieden und ewiger Liebe? Warum also war Faso so gezielt in seine Zeit gekommen? Nur, um die Bombe an sich zu nehmen?

Als sich das Lichtfenster hinter Faso schloss, wollte Brent schon wieder nach Hause gehen, aber da stutzte er. Denn eine seltsame Schrift, die er schon einmal irgendwo gesehen hatte, flimmerte wie ein böses O-men an der Stelle, wo eben noch das Lichtfenster driftete. Brent erkannte die Schrift, es war Altdeutsch und da stand zu lesen: *Danke für deine Hilfe. Jetzt haben wir endlich die Technologie einer starken Waffe, mit der wir zurückkommen werden.*

# Teuflische Begegnung

Es war ein heißer Sommertag und John war mal wieder mit seinem neuen Cabrio unterwegs. Er liebte es, wenn die Sonne in sein Fahrzeug schien, und er genoss die zahlreichen Blicke der Leute. An diesem Tage wollte er einmal etwas weiterfahren als sonst. Schon lange hatte er die Stadt hinter sich gelassen, da zog ein Gewitter auf. Obwohl er sich nicht vor solchen Naturerscheinungen fürchtete, erschien ihm diese Gewitterfront doch sehr seltsam. Es waren tiefschwarze Wolken, die sich rasch näherten und John schloss schleunigst das Verdeck des Wagens. Die immer stärker werdende Dunkelheit hatte irgendetwas Bedrohliches. John hatte so etwas noch nie erlebt. Plötzlich setzte ein heftiger Sturm ein. Taubeneigroße Hagelkörner schlugen gegen die Scheiben und die ersten Risse zeichneten sich bereits ab. Die Straße glich einem Billardspiel. Überall sprangen die Hagelkörner umher und John bog in eine schmale Waldschneise ein und hielt den Wagen an. Unter dem dichten Blätterdach des Waldes fühlte er sich zunächst sicher genug. Doch die grellen Blitze, welche die Dunkelheit kurzzeitig erhellten, sowie die heftigen Donnerschläge kurz danach, beunruhigten ihn zusehends. Er wusste nicht mehr, was er tun sollte. Umkehren war zu riskant und weiter in den Wald wollte er ebenfalls nicht hineinfahren. So beschloss er zu warten, bis sich das Gewitter vorzogen hatte. Aber das Gewitter verzog sich nicht. Mittlerweile tobte es bereits zwei geschlagene Stunden. Lediglich der Hagel verwandelte sich in einen heftigen Landregen.

Ratlos saß er in seinem Wagen und hörte sich eine CD nach der anderen an. Langsam ging ihm die Musik auf die Nerven. Er suchte nach seinem Handy, fand es jedoch nicht. Auf dem schmalen Waldweg vor ihm sah er eine Gestalt. Behäbigen Schrittes kam sie auf das Fahrzeug zu. Weil es so dunkel war, konnte John nicht sehen, wer es war. Er schaltete die Scheinwerfer ein, doch was war das, die Gestalt war spurlos verschwunden. Wie konnte das nur möglich sein? Mied diese Person etwa das Licht? Aber warum? John hatte plötzlich so ein merkwürdiges Gefühl im Bauch. Und obwohl er sich alles andere als fürchtete, spürte er jetzt doch diesen seltsamen Schauer, der ihm über den Rücken lief. Hatte er sich vielleicht geirrt? War da in Wirklichkeit gar keiner? Doch als er die Scheinwerfer wieder ausschaltete, glaubte er doch, dass vor dem Wagen irgendjemand stand. Was sollte er nur tun? Sollte er einfach die Wagentür öffnen und die Gestalt ansprechen? Und warum sagte dieser „Jemand" nicht selbst etwas? John betätigte den Knopf für die Zentralverriegelung und verschloss die Türen. Im selben Augenblick hörte er eine dumpfe, gespenstisch klingende Stimme. Sie grollte zunächst wie ein Bär und begann schließlich zu sprechen: „Ich bin gekommen, um Deine Seele zu holen! Du bist zu maßlos geworden und heute wirst Du mit mir kommen." John bekam einen derartigen Schreck, dass er augenblicklich den Wagen startete und losfahren wollte. Aber er hatte nicht damit gerechnet, dass der heftige Regen den Waldweg sehr stark aufgeweicht hatte. So war es ihm unmöglich, auch nur einen einzigen Zentimeter zu fahren. Laut heulte der Motor des Wagens auf und die Räder drehten im tiefen Morast durch. Total verzweifelt saß John hinterm Steuer. Da beugte sich die Gestalt herunter und ihr Gesicht war nun deutlich vor der Windschutzscheibe zu erkennen! John traf beinahe der Schlag, vor dem Wagen stand der Teufel! Sein knochiges fahles Gesicht wurde von einer schwarzen Kapuze verhüllt. Doch die beiden Erhebungen auf dem Kopf waren deutlich zu sehen. Das mussten die Hörner des Teufels sein. Außerdem stachen unter der scharfkantigen Stirn zwei feuerrote Augen hervor. Der Atem des Leibhaftigen musste so eisig sein, dass das Regenwasser auf der Scheibe gefror. Wenigstens musste John nun nicht mehr sein Gesicht sehen. Aber es war nicht weniger gefährlich. Denn nun setzte der Teufel das ein, was wohl am besten zu ihm passte, das Feuer! Es rumorte und knisterte und die Scheibe taute im Nu auf. Die Flammen hüllten den Wagen vollständig ein und drohten ihn zu verschlingen. John wurde es heiß und er schaltete die Klimaanlage ein. Doch das nutzte gar nichts. Die Kühlung der Klimaanlage konnte die Hitze des teuflischen Flammenmeeres nicht ansatzweise neutralisieren. Es wurde so unerträglich heiß, dass John ohnmächtig in seinem Sitz zusammensank. In einer mächtigen Windhose entschwand die teuflische Gestalt, und das Gewitter verzog sich. Ein lautes Geräusch weckte John schließlich wieder. Langsam öffnete er seine Augen. Noch immer fühlte er sich schwach und ängstlich. Auch war ihm schlecht, sehr schlecht. Er glaubte, sich übergeben zu müssen. Aber es war angenehm kühl im Wagen. Das laute Geräusch, welches er hörte, wurde durch ein Klopfen verursacht. Es musste am Wagen sein. War etwa der Teufel noch … er schaute sich um. Draußen war es wieder hell geworden und irgendjemand klopfte gegen die Windschutzscheibe. Erleichtert sah er, dass es seine Schwester Ina war. Vorsichtig öffnete er die Tür und spürte die frische angenehme Luft, die um seine Nase wehte. Nach all diesen Ängsten, die er aushalten musste, nun endlich diese Erlösung. Er konnte sein Glück kaum fassen. Ina beugte sich zu ihm und fiel ihm um den Hals. Leise sagte John zu ihr: „Komm setz Dich in den Wagen!" Ina setzte sich neben ihn und er erzählte ihr, was er erlebt hatte. Dabei spürte er die misstrauischen Blicke, die ihm seine Schwester zuwarf. Doch ihr schien noch etwas ganz anderes auf der Seele zu brennen. Sie meinte, dass sie eine SMS auf ihr Handy bekommen hätte, eine SMS von John! Während sie das erzählte, holte ihr Handy und zeigte ihm die Nachricht. Darin stand, dass Ina sofort in den Wald bei „Wilhelms-Forst" kommen sollte. Er brauchte dringend ihre Hilfe, denn der Wagen sei im Morast steckengeblieben. Als Ina jedoch dort ankam, war kein Morast mehr da. Der Weg schien trocken zu sein. Und John glaubte zu wissen, dass er sein Handy daheim liegen gelassen hatte. Aber so war es nicht. Als die beiden ausstiegen, um den Weg auf eventuellen Morast oder Schlamm zu testen, entdeckte er plötzlich doch sein Handy. Es lag neben einer merkwürdigen kleinen Figur. Sie war aus Plastik und war mit einem schwarzen Umhang bekleidet. Das knochige Gesicht der Figur schaute bedrohlich unter einer schwarzen Kapuze hervor und irgendwie kam John dieses furchterregende Gesicht sehr bekannt vor!

# Motel des Grauens

Ich hatte gehört, dass man in Ellis Motel sehr gut übernachten konnte. Deswegen steuerte ich es bei meiner letzten Recherchefahrt quer durch Arizona genau dieses Motel an. Allerdings ahnte ich damals noch nicht, welche furchtbaren Erlebnisse mir bevorstanden. Seit einigen Kilometern klatschte der Regen gnadenlos gegen meine Fahrzeugscheiben. Ich wusste wirklich nicht, ob ich weiterfahren sollte. Aber ich hielt eisern durch. Als auch noch ein heftiges Gewitter aufzog, hielt ich doch an. Ich stand ganz allein auf dem kleinen Rastplatz. Da sah ich eine Person in Lederbekleidung, die aus einem angrenzenden Wäldchen sprang. Sie hatte es sehr eilig und warf irgendetwas in den Papierkorb. Als sie verschwunden war, hatte ich so ein komisches Gefühl. Ich konnte es mir einfach nicht erklären, aber ich verspürte plötzlich den Drang, aus dem Wagen zu steigen und nachzuschauen. Vorsichtig öffnete ich die Wagentür und schaute, ob jemand in der Nähe war. Blitze erhellten die Umgebung und tauchten das Gelände in ein gespenstisches Licht. Da ich niemanden sehen konnte, lief ich schnellen Schrittes bis zum Papierkorb. Zunächst konnte ich nichts Verdächtiges entdecken. Eine prall gefüllte Plastiktüte lag darin. Ich ritzte sie auf, um nachzuschauen, da fuhr ich entsetzt zurück. Aus dem Schlitz ragte eine blutige Hand und schien nach mir zu greifen. So schnell ich konnte rannte ich zu meinem Wagen und fuhr mit quietschenden Reifen auf den Highway zurück. Irgendwann gegen Mitternacht erreichte ich Ellis Motel. Ich schien der einzige

Gast zu sein, denn der kleine Parkplatz hinterm Haus war leer. Auch im Inneren des Gebäudes traf ich niemanden. Nur Elli, die Inhaberin des Rasthauses stand an der Rezeption und begrüßte mich freundlich. Sie gab mir den Zimmerschlüssel und wünschte mir einen angenehmen Aufenthalt. Da der Akku meines Handys leer war, konnte ich erst dort die Polizei anrufen. Die kamen sehr schnell und gefragten mich zu meinem grausigen Fund. Sofort beorderten sie eine Streife zu dem Rastplatz. Nach einigen Minuten berichteten sie mir, dass es sich bei dem furchtbaren Fund um eine abgetrennte Hand einer weiblichen Leiche handelte. Die Tote sei noch nicht gefunden. Mir wurde schwindelig, denn der Mörder war also noch auf der Flucht. Möglicherweise hatte er mein Fahrzeug gesehen und verfolgte nun auch mich? Ich teilte den Beamten meine Beobachtungen, die ich auf dem Rastplatte machte, mit. Die versprachen, den Täter schnellstens zu suchen. Doch mir war nicht wohl bei dem Gedanken, hier draußen in der Einsamkeit, in einem winzigen Motel einem herumlaufenden Mörder ausgeliefert zu sein. Elli, die Inhaberin des Motels, versuchte, mich zu beruhigen. Sie meinte, dass man den Täter schon finden würde. Doch sie fragte mich auch, ob ich mir wirklich ganz sicher wäre, eine Person auf dem verlassenen Rastplatz gesehen zu haben. Ich versicherte ihr, dass es genau so war. Sie warf mir einen merkwürdigen Blick zu und zog sich zurück. Als ich später in meinem Zimmer war, hatte ich einen guten Blick zum Parkplatz hinterm Haus. Wegen des starken Regens konnte ich zwar kaum etwas erkennen. Doch plötzlich erschien eine Person auf dem Parkplatz. Wie ein Blitz fuhr es durch meinen Körper! Da unten stand die in Leder gekleidete Person, die ich auf dem Restplatz gesehen hatte! Sie starrte in Richtung meines Fensters. Sofort löschte ich das Licht und verbarg mich hinter der Wand neben dem Fenster. Der Fremde hatte mich also gefunden. Ich spürte, wie die Angst in mir hochkroch. Was sollte ich nur tun? Verwirrt schaute ich zu meinem Handy, doch das war noch immer nicht geladen. Immer wieder schaute ich hinunter auf den Parkplatz. Der Fremde stand nun vor meinem Wagen, doch plötzlich geschah etwas Merkwürdiges. Der Fremde schien sich zu verwandeln, er fiel auf die Knie und sein ganzer Körper schien zu vibrieren. Immer heftiger zuckte sein Leib und plötzlich wuchs er zu einem merkwürdigen Wesen heran, zu einem furchterregenden Monster! Es stand auf dem Parkplatz und hatte feuerrote Augen. Die stachen unter seinem schwarzen Fell hervor und stierten immerzu in meine Richtung. Ich konnte es nicht fassen und schaute zur Uhr, es war halb 1. Das Monster begann zu laut aufzuheulen und schritt auf den Hintereingang zu. Nun konnte es nicht mehr lange dauern, bis es zu mir käme. Ich nahm mein halb geladenes Handy vom Netz und steckte meine Brieftasche ein. Dann verließ ich schnellstens das Zimmer. Aber wohin sollte ich gehen? Am Ende des Ganges entdeckte ich eine Tür. Ich lief dorthin und klinkte mehrmals, die Tür ließ sich öffnen. Dahinter verbarg sich eine Abstellkammer. Durch einen kleinen Spalt in der Tür konnte ich den Gang gut beobachten. Es dauerte nicht lange, da erschien das Monster. Es stand vor meinem Zimmer und schaute sich gierig und mordlüstern um. Dann fletschte es seine spitzen scharfen Zahnreihen und stieß die Zimmertür auf. Ich war heilfroh, dass ich zeitig genug das Zimmer verlassen hatte. Nachdem das Monster im Zimmer verschwunden war, wollte ich schnellstens aus der Abstellkammer fliehen und zum Auto rennen.

Doch ich kam nicht dazu. Ein lautes Gebrüll in meinem Zimmer, ließ mich noch abwarten. Als es wieder still wurde, glaubte ich, meinen Augen nicht zu trauen. Aus meinem Zimmer kam nicht das zähnefletschende Monster, aus dem Zimmer kam Elli, die Chefin des Motels. Vollkommen verblüfft stand ich hinter der Tür und wagte kaum zu atmen. Wie konnte so etwas möglich sein? Elli, die Chefin des Motels war in Wirklichkeit ein Monster? Fassungslos starrte ich auf den Gang. Elli war verschwunden. Ich wartete noch einen kleinen Moment ab, doch die Luft schien rein zu sein. Auf leisen Sohlen verließ ich mein Versteck und schlich in mein Zimmer zurück. Dort sah es aus, als sei eine Bombe eingeschlagen. Überall lagen zerbrochene Gegenstände, die Lampe war vom Tisch gefallen und zersprungen und meine Kleidung lag überall im Zimmer verstreut. Ich suchte alles, was mir gehörte zusammen und verstaute es in Windeseile in meiner Reisetasche. Dann verließ ich das Zimmer. Glücklicherweise befand sich niemand auf dem Gang. Elli musste wohl wieder an der Rezeption sein. Ich lief die hölzernen Stufen hinunter und wusste nicht, wie ich an der Rezeption vorbeikommen sollte. Da kehrten die Beamten zurück. Ich atmete tief ein und schritt mutig auf die Beamten zu. Doch plötzlich verwandelten sich auch die vor meinen Augen in blutrünstige Monster. Hinter der Rezeption stand Elli und fletschte ihre Zähne. Blut lief ihr aus dem Munde und ich zitterte vor Angst. Offenbar machten hier alle gemeinsame Sache. Und selbst die Polizeibeamten waren in Wahrheit blutrünstige Monster. Ich schaffte es, die Überraschung der Monster auszunutzen und rannte zwischen ihnen hindurch bis zu meinem Wagen. Ich sprang hinein und wollte starten. Doch der Motor schien defekt zu sein. Irgendetwas funktionierte nicht.

Auch das heftige Gewitter, welches vorhin schon fortgezogen schien, war wohl zurückgekommen und die hellen Blitze zuckten um meinen Wagen herum. In der Tür des Motels erschienen die Monster und liefen auf meinen Wagen zu. Entsetzt und den Tod vor Augen startete ich den Motor wieder und wieder. Und plötzlich sprang er an. Als die Monster bereits in Griffweite zu stehen schienen, gab ich Gas und raste davon. Meine Hände hatten sich um das Lenkrad gekrampft und ich raste in die schwarze Gewitternacht hinein. Irgendwo an einem dunklen Wald hielt ich den Wagen an. Mich schien niemand zu verfolgen. Doch geheuer war mir die Sache nicht. Aus dem Wald glaubte ich, rote Lichtpunkte zu erkennen. Ich gab Gas und raste weiter die endlose Landstraße entlang. Stunden musste ich gefahren sein, als ich endlich einen kleinen Ort erreichte. Ich fuhr an einem Umleitungsschild vorbei und sah erleichtert mehrere Fahrzeuge, die durch die kleine Stadt fuhren. Mehrere Beamte standen an der Straße und sprachen mit Passanten. Ich hielt den Wagen an und stieg aus. Als ich einen der Beamten fragte, warum die Straße gesperrt sei, die ich eben noch entlangfuhr, schaute der mich besorgt an. Dann fragte er mich, ob es mir gut ginge und sprach dann: „Da haben Sie aber Glück. In der Nacht wurde die Straße von einem Meteoriten getroffen. Sie wurde total zerstört und musste gesperrt werden." Ich starrte den Beamten entgeistert an und erkundigte mich nach Ellis Motel. Doch der Beamte wusste nicht, was ich meinte, sagte nur: „Ein Motel gibt es dort nicht. Ellis Motel ist in einer ganz anderen Richtung, noch fünfzehn Meilen weiter nach Süden." Nun begriff ich gar nichts mehr. Ich war mir jedoch ganz sicher, den Namen des Motels an dem Gebäude, in welchem ich übernachtete, gelesen zu haben. Ich konnte es mir einfach nicht erklären. Aber ich wollte es genau wissen. Am nächsten Tag wollte ich noch einmal die gesperrte Straße entlangfahren, um nach dem Motel zu suchen. Gedacht, getan! Es gelang mir, die Polizeiabsperrungen zu umfahren und fuhr stundenlang auf der Straße entlang, auf welcher ich in der letzten Nacht vor den Monstern geflohen war. Irgendwann ging es aber dann doch nicht mehr weiter. Riesige Schilder versperrten mir den Weg. Außerdem klafften überall auf der Straße hinter den Schildern tiefe Krater. Ein Weiterfahren war vollkommen unmöglich. In der Ferne entdeckte ich ein Haus. Es ähnelte verblüffend Ellis Motel. Doch es war nur eine verfallene Ruine.  Ich näherte mich der Ruine und erschrak! An einem verbrannten zerbrochenen Pfosten baumelte ein altes Holzschild. Darauf stand beinahe schon unleserlich geschrieben: *Ellis Bar*.

An einem weiteren zersplitterten Schild neben dem vermutlichen Eingang stand noch etwas: *Geschlossen ab 01.01.1866*. Und aus dem Wald hinter der Ruine glaubte ich, zwei feuerrote Lichtpunkte zu sehen.

# Die Brücke

Jeff war ein smarter schwarzhaariger Schönling. Er betrog seine Ehefrau Tanja, wann und wo er nur konnte. Und obwohl sie ein bildhübsches junges Mädchen war, schreckte er nicht davor zurück, nebenher noch zahllose andere Frauen zu beglücken. Allen schwor er ewige Liebe und Treue, bis er sie schließlich verließ. Für seine üblen Zwecke hatte er sich einen Terminplaner zugelegt, den er immer in seiner Aktentasche versteckt hielt. Bis zu jener schicksalsreichen Nacht, in welcher er sich nie hätte verabreden dürfen. Tanja musste zum Nachtdienst. Sie arbeitete als Krankenschwester in einem großen Krankenhaus. Jeff tat so, als ob er ins Bett gehen würde und verabschiedete sich scheinheilig von seiner Frau. Tanja verließ das Haus und fuhr in die Klinik. Darauf hatte Jeff nur gewartet. Er sprang aus dem Bett, vergewisserte sich noch einmal, ob Tanjas Wagen auch wirklich verschwunden war und kramte seinen Terminplaner aus der Aktentasche. Für diese Nacht hatte er sich mit Tanja verabredet, die er nun anrufen wollte, damit sie sich treffen konnten. Sie verabredeten sich auf einer einsamen Brücke, wo sie sich unbeobachtet fühlen konnten. Kurz vor Mitternacht trafen sich die beiden am verabredeten Ort. Dicke Nebelschwaden zogen um die Brückenpfeiler. Lisa hatte sich ihr schönstes Kleid angezogen und Jeff erschien in seinem schwarzen Jeansanzug. Als er sie sah, freute er sich schon auf einen heißen One-Night-Stand. Er wusste genau, dass er sie nur dieses eine Mal sehen würde. Und er erzählte ihr alles, was sie hören wollte. Lisa schien fasziniert von Jeffs Liebesbekundungen. Und sie glaubte ihm, dass sie die Einzige für ihn sei. Auch sie ahnte nicht, dass er auch sie nur benutzte. Die beiden standen mitten auf der Brücke und Jeff küsste sie heiß und innig.

Mehrfach flüsterte er ihr ins Ohr, wie schön sie sei und dass er nur auf sie gewartet hätte. Plötzlich begann die Erde zu beben und versetzte die Brücke in heftige Schwingungen. Die beiden klammerten sich aneinander fest, doch es half nichts. Sie fielen zu Boden. Genau in der Mitte der Brücke tat sich ein breiter Riss auf. Die Brücke drohte, auseinanderzubrechen. Was dann geschah, konnte man später nicht mehr rekonstruieren.

Jeff versuchte sich krampfhaft an einem Mauervorsprung festzuhalten. Plötzlich erhob sich Lisa in die Luft und schwebte wie ein Geist vor ihm. Jeff erschrak und musste ansehen, wie sich Lisa vor seinen Augen in Tanja verwandelte. „Ich habe es immer gewusst, dass Du mich betrügst. Doch Du wirst niemals mehr eine Frau unglücklich machen!" Bei den letzten Worten bebte die Erde noch ein letztes Mal und warf Jeff in die reißenden Fluten des darunter befindlichen Flusses. Da der Fluss starkes Hochwasser führte, riss er Jeff sofort mit sich. Eine halbe Stunde später erschien die richtige Lisa und wunderte sich. Still und friedlich lag die Brücke vor ihr. Weder ein Riss noch ein Beben hielt sie auf, als sie die Brücke betrat. Sie wartete ungefähr eine Stunde. Dann ging sie traurig wieder nach Hause. Was Lisa nicht wusste, Tanja hatte Jeff längst durchschaut und war ihm bis zur Brücke gefolgt. Sie sah, wie Jeff am Geländer stand und plötzlich zu taumeln begann. Offenbar hatte er das Gleichgewicht verloren und fiel ins Wasser. Zu

Tode erschrocken alarmierte sie die Polizei. Als sie eintraf, suchten die Beamten die gesamte Gegend ab. Doch sie fanden Jeff nicht mehr. Auch eine Bruchstelle oder einen Defekt an der Brücke konnte nie gefunden werden. Die Brücke war vollkommen in Ordnung. Ein Jahr später wurde eine Rohleitung durch den Fluss gezogen. Dabei mussten Taucher in den Fluss, um entsprechende Baumaßnahmen durchzuführen. Als sie in der Mitte des Flusses ankamen, fanden sie meterdicke Bruchstücke, die von einem Bauwerk stammen mussten. Da diese Bruchstücke gebogen waren, schlossen die Taucher auf eine Brücke, die wohl irgendwann an dieser Stelle zusammengestürzt sein musste. Doch noch etwas ganz anderes entdeckten sie, dass ihnen das Blut in den Adern gefrieren ließ: Jeffs Leiche, die mit aufgerissenen Augen zwischen den Bruchstücken klemmte. In seiner linken Hand hielt er etwas, das vollkommen aufgeweicht hin und her wedelte, seinen Terminplaner!

# Der Geisterzug

Es war wirklich ein wunderschöner Urlaub, dort oben in den Bergen. Aber alles Schöne geht einmal zu Ende und ich musste mich um meine Abreise kümmern. Da der kleine Ort nur über einen noch winzigeren Bahnhof verfügte, fuhren die Züge nicht sehr oft. Ich musste eine günstige Verbindung finden, denn ich hatte eine weite Reise vor mir. Außerdem war es eine Nebenstrecke, die in Kürze stillgelegt werden sollte. Ich hatte es in einer Regionalzeitung gelesen und sah zu, dass ich noch rechtzeitig fortkam. Von der netten Dame an der Rezeption meiner idyllisch gelegenen Pension erhielt ich einen Fahrplan. Früh am Morgen ging der Zug und ich musste zusehen, dass ich ihn nicht verpasste. Vermutlich war das der letzte Zug, der in die Stadt fuhr, bevor die Strecke vor dem Einbruch des Winters gesperrt wurde. Der Bahnhof lag etwas abgelegen, in einem großen Waldstück. An jenem Morgen stand ich schon um Fünf Uhr auf dem verlassenen Bahnsteig und wartete. Zwar wunderte ich mich, dass keiner außer mir auf dem zugigen Bahnsteig war, doch hier draußen hatte jeder ein eigenes Fahrzeug und die einzige Pension, in welcher auch ich nächtigte, hatte kaum Gäste. Lange wartete ich und wunderte mich, dass der auf dem Fahrplan angekündigte Zug nicht kam. Fragen konnte ich auch niemanden, denn es war ja keiner da. Ich wunderte mich auch über die Absperrungen, die überall um das winzige verfallene Bahnhofsgebäude angebracht waren. Zumindest hörte ich in der Ferne endlich ein leises Schnaufen, was mir sagte, dass der Zug wohl bald kommen würde. Nach weiteren zehn Minuten war es endlich soweit – aus dem Wald schnaufte eine Dampflok und zog mühselig vier recht altertümlich anmutende Waggons hinter sich her. Als der Zug laut quietschend stehenblieb, öffnete ich die Tür eines Waggons und hievte mich mit meiner nicht ganz so leichten Reisetasche in das Innere des Wagens. Keine Menschenseele stieg aus dem Zug, auch im Wagen konnte ich niemanden sehen. Ich öffnete das klemmende Fenster und schaute hinaus auf den leeren Bahnsteig. Seltsam, nicht einmal ein Zugbegleiter oder ein Schaffner war zu sehen. Von irgendwoher vernahm ich ein Pfeifen. Aber wer konnte das Signal gegeben haben? Langsam und schnaubend setzte sich der Zug in Bewegung und fuhr in den Wald hinein. Ich setzte mich auf meinen Platz zurück und schaute gelangweilt aus dem Fenster. Komisch, dass auch kein Schaffner kam, um meine Fahrkarte zu kontrollieren. Ein seltsames Gefühl beschlich mich und ich wollte der Sache auf den Grund gehen. Irgendetwas schien hier nicht mit rechten Dingen zuzugehen. Ich schob meine Reisetasche unter den Sitz und legte eine Zeitung obendrauf. So ging ich sicher, mein Abteil schnell wiederzufinden. Auf dem Gang herrschte eine rätselhafte und ziemlich unheimliche Leere. Nur das laute Klappern der Räder drang durch den Zug wie ein böses Omen. Noch immer fuhr der Zug durch den Wald und draußen war es dunkel und regnerisch. Vorsichtig ging ich immer weiter in Richtung Lok. Plötzlich klopfte mir jemand auf die Schulter. Erschrocken fuhr ich herum. Hinter mir stand ein Schaffner. Im ersten Moment war ich erleichtert, dass ich wohl doch nicht der einzige im Zug zu sein schien. Doch dieses Gefühl wich, als ich mir den Schaffner genauer anschaute. Er hatte ein kalkweißes, knochiges Gesicht, welches mir irgendwie Angst einflößte. Regungslos starrte er mich an und seine Augen erschienen mir leer und eisig. Ich fragte ihn, ob ich meinen Anschlusszug in der Stadt noch erreichen würde. Der Schaffner wiegte den Kopf und meinte dann mit monotoner Stimme: „Ich weiß es nicht." Also mehr hatte ich mir ja schon erwartet. Ich war mir nun nicht einmal mehr sicher, im richtigen Zug zu sitzen. Am Ende war ich in einer kleinen Vorortbahn gelandet, die nur bis zum nächsten Dorf fuhr. Nachdrücklich erkundigte ich mich, wohin dieser Zug fuhr. Was der Schaffner mir darauf antwortete, ließ mir das Blut in den Adern gefrieren. Mit versteinerter Miene sagte er: „Dieser Zug fährt nirgendwohin." Wie vom Donner gerührt stand ich vor ihm und wusste nicht, was ich dazu sagen sollte. Was ging hier nur vor? Was war das für ein merkwürdiger Zug? Kopfschüttelnd ging ich zurück in mein Abteil und zog die Tür-Gardine zu. Was sollte ich nur tun? Plötzlich vernahm ich Schritte, die sich meinem Abteil näherten. Ich schob die Gardine ein wenig beiseite und schaute, wer es war. Entsetzt sah ich, wie ein blutverschmierter Mann, dem ein Arm fehlte, den Gang entlang wankte. Das Blut tropfte aus einer Wunde am Kopf. Seine Augen lagen in tiefen Höhlen seines eingefallenen grauen Gesichts. Er sah furchterregend und überhaupt nicht mehr lebendig aus. Blitzschnell nahm ich den Trageriemen von meiner Reisetasche und wickelte ihn um die Griffe der Abteiltür. Der Fremde blieb genau vor meiner Tür stehen, und ich starrte in das leichenähnliche Gesicht des blutenden Mannes. Aus seinem Mund stieg merkwürdiger Rauch in Richtung des Abteilfensters, augenblicklich fror es zu! Taumelnd hielt ich mich an einer Sitzlehne fest. Ich zitterte am ganzen Leibe und schob die Gardine wieder zu.

Der Mann ähnelte verblüffend dem Schaffner, bei welchem ich eben noch war. Wegen seiner schweren Verletzungen hatte ich ihn nicht mehr erkannt. Ich holte mein Handy aus der Jackentasche und las: Kein Netz! Mir wurde plötzlich klar, dass ich dem grausigen Geschehen in diesem Zug wehrlos ausgeliefert war. Als ich noch einmal durch einen Schlitz in der Gardine auf den Gang hinausschaute, war der vermeintliche Schaffner nicht mehr da. Doch ich traute mich nicht, die Abteiltür noch einmal zu öffnen. Ich hatte regelrecht Angst um mein Leben. Und noch immer fuhr der Zug durch den dichten Wald. Aber er schien langsamer zu werden. Diese vermutlich einmalige Chance musste ich unbedingt nutzen. So schnell ich konnte zog ich meine Reisetasche unter dem Sitz hervor und knöpfte mir die Jacke zu. Dann schaute ich noch einmal durch die Gardine auf den Gang, um mich zu überzeugen, dass keiner draußen war. Der Gang war leer und ich entfernte rasch den Trageriemen von der Abteiltür. Offenbar ging es ein wenig bergauf, deswegen wurde der Zug immer langsamer. In gebückter Haltung schlich ich mich zu einer Waggontür und versuchte, sie zu öffnen. Doch durch das ständige Ruckeln fiel es mir sehr schwer – in einer Biegung gelang es mir schließlich. Zuerst warf ich die Reisetasche auf den Bahndamm, dann sprang ich hinterher. Glücklicherweise blieb meine heimliche Flucht unbemerkt. Langsam verschwand der Zug hinter der Biegung im Wald. Ich rannte in den Wald und versteckte mich hinter einem dicken Baum. Dort musste ich erst einmal durchatmen. Der Schreck saß mir noch immer in den Gliedern und mir war schwindelig und übel. Nur sehr schwer konnte ich mich beruhigen. Einen klaren Gedanken fassen konnte erst recht nicht. Wem sollte ich dieses furchtbare

Erlebnis erzählen? Und wo war ich überhaupt? Plötzlich vernahm ich ein verdächtiges Klappern! Es kam von der Biegung, in welcher ich aus dem Zug gesprungen war. Kam er etwa wieder zurück? Hatte man vielleicht mein Verschwinden bemerkt und suchte mich bereits? Unter keinen Umständen wollte ich diesem seltsamen Schaffner wieder begegnen, und erst recht nicht mehr in diesen verhexten Zug einsteigen. Ich verbarg mich hinter einem dichten Busch und wartete ab. Nur mein Gehör verriet mir, was auf dem Bahndamm vor sich ging. Das Klappern kam immer näher und mir blieb fast das Herz stehen. Plötzlich hörte ich jemanden rufen: „Hallo, sind Sie hier? Melden Sie sich, wenn Sie hier sind, hallo!" Ich wagte kaum noch zu atmen, hatte der mysteriöse Schaffner etwa noch andere Leute mitgebracht? Ängstlich schob ich das Gestrüpp vor meiner Nase ein wenig beiseite und schaute zum Bahndamm hinauf. Dort fuhr eine Draisine und die Männer, die so laut riefen, waren Polizisten. Mir fiel ein tonnenschwerer Stein vom Herzen. Ich trat aus meinem Versteck und lief auf die Draisine zu. „Hallo, suchen Sie vielleicht mich", rief ich laut. Die Beamten hielten an und stiegen von ihrem Gefährt. Einer der Beamten drückte mir die Hand und sagte dann erleichtert: „Ja, genau Sie suchen wir. Leute haben Sie auf dem Bahnsteig gesehen. Als sie plötzlich verschwanden, keiner Sie mehr sah, dachten die Leute, Ihnen sei etwas passiert. Die Bahnstrecke ist seit heute Morgen gesperrt und da weiß man ja nie." Ich konnte nicht glauben, was ich da hörte. Die Bahnstrecke, stillgelegt? Das konnte doch gar nicht sein. Aufgeregt berichtete ich den Beamten von meinem unfassbaren Erlebnis. Die geschockten Polizisten schauten sich kopfschüttelnd an und einer meinte schließlich: „Eigentlich fährt hier seit heute gar nichts mehr. Wir haben deswegen eine Busverbindung in die nächste Stadt eingerichtet. Die Bahnstrecke wird abgebaut. Vor genau 3 Jahren gab es hier einen schweren Unfall mit einem alten Traditionszug aus den dreißiger Jahren. Er musste dringend in ein Bahnausbesserungswerk gebracht werden. An den Tagen zuvor hatte es langanhaltenden, starken Regen gegeben. Das Wasser hatte die Gleise unterspült und dabei stark beschädigt. Der Frühzug entgleiste hinter der Biegung dort oben und stürzte den Abhang hinunter in den Wald. Es gab einen Toten zu beklagen, der sehr schlimm verletzt war, den Schaffner des Zuges!"

# Sturmflut

Johnny hatte sich ein wunderschönes Haus am Strand von Pipers Beach gekauft. Von dort hatte er einen wunderbaren Blick über die Bucht, denn das Haus stand auf einem Felsen. Unterhalb des Felsen prallte die Brandung schäumend gegen die Steilküste. Was für ein Ausblick, genauso hatte er sich sein Leben vorgestellt. Leben wie im Urlaub. Und täglich war am Strand unterwegs, um sich dem rauen Wind und dem wilden Meer hinzugeben. Manchmal war das Wetter sehr schlecht, so das im Haus bleiben musste. Besonders bei Sturm lohnt es nicht, draußen herumzulaufen. Dann flogen schon einmal Baumstämme und andere größere Gegenstände durch die Luft. Es war im Herbst 2004. Johnny kam von einer Segeltour mit Freunden zurück. Schon draußen auf dem Wasser hatten sie bemerkt, dass ein Sturm aufzog.

Nur mit großer Mühe war es ihnen schließlich doch noch gelungen, das Boot zu wenden und zurückzukehren. Allerdings preschten immer höhere Wellen gegen die Felsen unterhalb von Johnnys Haus. So gefährlich war es wohl noch nie. Johnny zog sich in sein Haus zurück.

Er wollte es sich auf seinem Sofa bequem machen und hatte sich ein spannendes Buch aus dem Regal genommen. Da geschahen plötzlich merkwürdige Dinge. Das Licht flackerte und schließlich fiel der Strom gänzlich aus. Johnny nahm seine Taschenlampe, ging zum Sicherungskasten und schaute nach. Die Sicherungen jedoch waren unbeschädigt und nichts deutete auf einen Schaden hin. So holte er eine Kerze und setzte sich wieder auf sein Sofa. Im düsteren Licht des Kerzenscheins las er einfach weiter. Plötzlich aber fuhr eine Windbö durch den Raum und blies die Kerze aus. Johnny begriff nicht, was da geschah. Denn er hatte alle Fenster geschlossen und es stand auch keine Tür offen. Obwohl er das wusste, schaute er noch einmal nach. Vielleicht hatte er ja doch irgendwo in seinem Haus etwas übersehen. Doch es war so, wie er es sich bereits dachte, alle Fenster und Türen waren verschlossen. Johnny wusste nicht, was er tun sollte und zündete die Kerze einfach wieder an. An der spannendsten Stelle seines Krimis fuhr erneut eine heftige Windbö durchs Haus. Das Licht der Kerze verlosch und ein Bild, welches die malerische Bucht mit seinem Haus darauf zeigte, fiel von der Wand. Johnny erschrak und konnte sich einfach nicht erklären, was in seinem Hause da vor sich ging. Wieder ging er durchs Haus und schaute in jedem noch so kleinen Ritz nach, ob da vielleicht der Sturm hindurch pusten konnte. Nirgends aber fand er eine solche Stelle. Nur der immer heftiger werdende Orkan knallte mit unverminderter Härte gegen die Fenster des Hauses. Johnny kam das alles sehr komisch vor, und er hatte auch große Bedenken, ob die Fenster dem Druck des Sturmes standhalten könnten. Sollte er etwas unternehmen, um die Fenster besser abzudichten? Sollte er etwas vor die Fenster schieben oder Leisten über die Fenster nageln, damit sie nicht mehr ausprangen? Vielleicht hätte er ja im Vorfeld bereits Fensterläden anbringen sollen, die er jetzt schließen konnte. Von fern hörte er das Rauschen der heftigen Brandung. Es musste ein Höllensturm sein. So einen heftigen Orkan hatte er an dieser Steilküste noch nie zuvor erlebt. So grauenvoll musste sich der Weltuntergang anhören.

Immer wieder lief er sorgenvoll durchs Haus und kontrollierte ständig die Fenster und Türen.

Vielleicht sollte er wenigstens eine Tür offenhalten, um den Druck gegen das Haus abzumindern? Aber vielleicht war auch das umsonst. Gerade wollte er in seine Küche gehen, um sich einen Kaffee zu zubereiten, da krachte plötzlich die offenstehende Küchentür wieder zu. Irgendetwas fuhr in die Regale, wo er Tassen und Teller aufbewahrte. Scheppernd und krachend fiel all das zu Boden. Erschrocken wich Johnny zurück- was ging hier nur vor?

Er wollte ins Wohnzimmer, um nachzuschauen, ob die vermeintliche Windbö dort ebenfalls gewütet hatte. Doch die Tür zum Wohnzimmer ließ sich nicht öffnen. Nur die Haustür wurde plötzlich wie von Geisterhand aufgerissen. Wie konnte das möglich sein? War der Sturm so heftig, dass er sogar die verriegelte Haustür aufstoßen konnte? Warum aber waren dann nicht auch die Fenster aufgesprungen? Ihm wurde die Sache zu gefährlich. Hastig zog er sich seine Jacke über, nahm die Schlüssel seines Jeeps an sich und verließ das Haus durch den Kellerausgang. Dort blies der Sturm nicht gar so heftig und konnte relativ sicher bis zum Auto laufen. Allerdings konnte sich auch der Wagen kaum gegen die unglaublich starken Windböen wehren. Immer wieder wurde er von der Straße gedrückt. Unter den Bäumen, die noch standhielten, hielt er schließlich den Wagen an. Doch was er dann erlebte, konnte er einfach nicht fassen. Die Brandung unterhalb des Felsens, auf welchem sich sein Haus befand, schlug derart heftig gegen die Felsen, dass diese nicht mehr standhalten konnten. Tosend und splitternd krachte ein riesiges Stück des Felsens ab. Es war das Stück, worauf sein Haus stand. Zunächst neigte sich der Fels ein wenig zur Seite. Die nächste Welle aber nahm den Felsen und das Haus darauf mit sich. Augenblicklich verschlang die tosende Brandung das gesamte Anwesen. Zu Tode erschrocken starrte Johnny auf das grausige Szenario. In Sekundenschnelle waren sein Haus und der ganze Fels in den Fluten versunken. Wäre er nur eine Minute länger im Haus geblieben- er wäre darin umgekommen, denn aus der wilden peitschenden Brandung gab es keine Rettung mehr. Als sich der Orkan legte, fuhr Johnny noch einmal die wenigen Meter zurück zum Rest des Felsens, der noch stand. Von dort schaute er in die Tiefe. Noch immer tobte die Brandung und schlug mit unverrichteter Kraft gegen die Felsen. Dort unten irgendwo lagen also nun seine Sachen. Und alles war hinüber, alles war verloren. Dennoch war er froh, dass er dieses Unglück so schadlos überlebte. Plötzlich stand ein alter Mann neben ihm auf dem Felsen. Johnny erschrak, wo war der fremde Mann so plötzlich hergekommen? Er hatte ihn doch gar nicht bemerkt. Der Fremde sprach: „Na, da haben Sie ja noch einmal Glück gehabt, was?". Johnny nickte und konnte sich das seltsame Verhalten des Alten nicht erklären. Machte der sich nur lustig über ihn oder hatte er ebenfalls mit Mühe und Not diesen verheerenden Sturm überlebt? Der Alte lachte und meinte dann: „Ist schon schlimm, wenn man alles verliert, ich kenne das. Ging mir vor vielen Jahren ebenso. Aber machen Sie sich nichts draus. Es geht immer weiter. Hier nehmen sie das Bild, es ist sehr wertvoll. Ich habe es damals retten können. Aber nun brauche ich es ja nicht mehr, ich schenke es Ihnen! Es soll Ihnen Glück bringen. Aber jetzt muss ich gehen. Also, viel Glück!". Johnny nahm das zusammengerollte Bild an sich und wollte sich bei dem Alten bedanken. Doch als er aufschaute war der Alte nicht mehr da. Johnny schaute sich nach allen Seiten um. Doch er stand ganz allein auf dem Felsen. Wer war das nur? Und wohin war er gegangen? Johnny fuhr ins etwas weiter entfernte Dorf und wurde sofort sorgenvoll in Empfang genommen. Der Wirt sagte aufgeregt: „Wir haben uns schon Sorgen um Sie gemacht. Gerade wollten wir aufbrechen, um nach Ihnen zu sehen. Glücklicherweise ist Ihnen

nichts passiert." Als Johnny von dem schweren Unglück mit seinem Hause erzählte, waren alle sehr betroffen. Der Wirt bot ihm sofort ein Zimmer in seiner kleinen Pension an und Johnny nahm dankend an. Er war sehr glücklich, dass man ihm in dieser schweren Stunde half. Bis er ein neues Domizil gefunden hatte, konnte er in der Pension kostenlos wohnen.

Doch seine anfängliche Freude wich sehr bald schon tiefer Verzweiflung, denn woher sollte er das Geld für eine neue Unterkunft nehmen. Sein Haus auf den Felsen hatte all seine Ersparnisse verschlungen. Und auf der Bank hatte er gerade mal noch so viel Geld, um nicht verhungern zu müssen. Niedergeschlagen saß er am Fenster seines Pensionszimmers und starrte auf den Weg vorm Haus. Da fiel ihm plötzlich das Bild ein, welches er von dem Fremden geschenkt bekam. Es stand noch immer zusammengerollt in der Ecke neben dem Garderobenständer. Schnell holte er es hervor und rollte es auf. Aus dem Inneren der Rolle rutschte eine kleine Schatulle und fiel polternd auf die hölzernen Dielen. Johnny hob sie auf und stellte sie auf den Tisch. Mit großem Erstaunen betrachtete er sich dann das seltsame Bild. Es zeigte die Bucht und den Felsen, wo einst sein Haus stand. Doch auf dem Felsen stand ein völlig fremdes Haus, welches er nicht kannte. Irritiert nahm er die Schatulle und öffnete sie. Darin befand sich eine wertvolle goldene, mit Diamanten besetzte Uhr. Und Johnny verstand nicht, wieso der alte Mann ihm all das geschenkt hatte. Er bewahrte die Schatulle zunächst auf und sprach nicht darüber. Stattdessen nahm er das Bild und ging damit zum Pensionswirt. Er wollte ihn fragen, ob er das Haus kannte. Und er wollte es rahmen lassen, denn es gefiel ihm sehr. Lange betrachtete sich der Wirt das wunderschöne Bild. Dann meinte er traurig: „Ja, das Haus kenne ich noch. Es stand vor vielen Jahren an der gleichen Stelle, wo auch später ihr Haus errichtet wurde. Damals gab es eine ähnliche Sturmflut wie neulich. Der alte Louis Frazer kam dabei ums Leben. Er wurde von den Wassermassen mitsamt Haus in die Tiefe gespült. Woher haben Sie dieses Bild?". Johnny schwieg, meinte nur, dass er es in der Nähe seines Hauses gefunden hätte. Nachdem ihm der Wirt noch einiges über die alten Zeiten erzählt hatte, zog sich Johnny nachdenklich auf sein Zimmer zurück. Wie kam der alte Mann, den er auf dem Felsen getroffen hatte, zu diesem Bild? Da er aber das Bild geschenkt bekam, ließ er es schließlich rahmen und stellte es erstmal neben sein Bett. Jeden Tag betrachtete er sich lange dieses schöne Bild. Und er hatte plötzlich das Gefühl, mehr über diesen damals ums Leben gekommenen Louis Frazer erfahren zu wollen. Und da er ja auch diese kostbare Uhr geschenkt bekam, fuhr er in die Stadt, um sie zu verkaufen. Er staunte, welchen Preis er dafür erhielt. Davon könnte er sich ein kleines neues Häuschen leisten. Später bat er den Wirt, ihm doch noch einiges über den alten Louis Frazer zu erzählen. Der Wirt holte ein kleines altes Fotoalbum aus einem Hinterzimmer und setzte sich zu Johnny an den Tisch. Dann berichtete er ihm, dass Frazer einst Uhrmacher von Beruf war. Doch er reparierte nicht einfach so Uhren, nein, er stellte einzigartige Kunstwerke her, Uhren mit Diamanten und kostbaren Edelsteinen besetzt. Johnny konnte nicht glauben, was er da hörte. Und als ihm der Wirt dann ein altes Foto von Louis Frazer zeigte, wurde es ihm schlagartig klar! Denn dieser alte Mann auf dem Foto, Louis Frazer, war jener alte Mann, von dem er damals das Bild und die kostbare Uhr geschenkt bekam.

# Teufelshaus 2

amals lebte ich in einem sonderbaren Haus. Genauer, es waren zwanzig lange, viel zu lange Jahre, in welchen ich in diesem Hause ausharrte!

Als ich einzog, zogen auch andere Leute ein. Doch es war nicht die vertrauenerweckendste Klientel, die sich mir da offerierte. Ich jedoch wollte in dieses neu erbaute Haus – und ich wollte fröhlich sein mit meiner kleinen, neuen Mietwohnung.

Schon damals spürte ich diesen seltsam kalten Hauch, der nachts durch das düstere Treppenhaus kroch. Ich dachte mir nie etwas dabei, doch als dann die erste Mieterin verstarb, kam ich ernsthaft ins Grübeln. Einer der Eigentümer, eine undurchsichtige hexenähnliche Mittvierzigerin, lebte damals ebenfalls in diesem Haus. Sie wohnte im Erdgeschoss und erschien mir irgendwie unheimlich. Ja, es war irre, immer glaubte ich, dass diese zwielichtige Dame hinter all dem üblen Zauber steckte. Doch mittlerweile habe ich den starken Verdacht, das da vielmehr war, als ich mir das je eingestehen wollte. Und dieses unbequeme Gefühl schien auch andere Bewohner zu hegen.

Schließlich kam es so, wie ich es mir bereits dachte: Die ersten Mieter hielten es nicht mehr aus! Wegen ewiger Streitigkeiten mit anderen Bewohnern und der mehr als fragwürdigen Hausverwaltung flohen diese Leute regelrecht! Ich hielt noch aus, doch auch für mich wurde die Lage immer schwieriger. Erst waren es durchstochene Autoreifen, dann gestohlene Briefe aus dem Kasten, sodass ich mir Postfächer anderswo zulegen musste, um meine Post auch weiterhin zu erhalten. Später wurden meine Briefkastenschilder abgerissen und verrostete Eisenhaken aufs Auto geworfen. Steckten da wirklich -nur- merkwürdige Nachbarn dahinter, die vor lauter Wut und Hass nicht mehr anders konnten, als mich davonekeln zu wollen? Wurden diese Leute vielleicht vom Hass getrieben, weil ich recht erfolgreich in meinem Beruf arbeitete? Oder war da vielleicht doch mehr, als ich es mir einzugestehen vermochte?

Als die nächste Mieterin unter mysteriösen Umständen tot in der Wohnung aufgefunden wurde, dachte ich nur noch an Flucht – nichts wie weg aus diesem abscheulichen Teufels-Haus!

Doch es war ganz sonderbar, noch immer hielt ich durch, floh noch immer nicht, auch, wenn ich in einer anderen großen Stadt längst ein Zimmer hatte. Ich weiß nicht, was mich auf diesem unheiligen Fleckchen Erde noch hielt, was mich dort festklammerte? War es ein Fluch? War es eine rätselhafte Vorahnung?

Jedenfalls konnte ich eines nachts mal wieder nicht schlafen, weil mir so Vieles durch den Kopf ging. So zog ich mich kurzerhand an und verließ die Wohnung. Mein kleines Auto stand wie gewohnt in der dunklen schmutzigen Tiefgarage, die der mufflige Hausverwalter ebenso wenig gereinigt hatte, wie das miefige Treppenhaus. Das Licht war kaputt, es brannte nur eine lächerlich düstere Birne. Stinkend harrten die Mülltonnen vor den Luftschächten aus und ich schaute mich irritiert um. Hatte ich da nicht gerade ein sonderbares Geräusch vernommen? Mit zögernden Schritten bewegte ich mich zu meinem Fahrzeug. Es roch nach Schimmel und ein seltsam lauer Wind fächelte durch das schmiedeeiserne Gitter in das Innere der Garage. Es schien, als wollte sich jede Sekunde irgendetwas Furchtbares ereignen. Plötzlich knackte es laut und das Licht ging aus! Ich erschrak, verharrte einige Minuten, die zur Ewigkeit wurden, vor meiner Tiefgaragenbox. Sollte ich jetzt einsteigen – was, wenn jemand in der Garage war, der nichts Gutes im Sinn hatte? Ich wollte diesen abstrusen Gedanken nicht weiterdenken. Ganz vorsichtig und leise öffnete ich mit dem Autoschlüssel den Wagen. Es knackte, doch dann war es wieder still.

Plötzlich war da wieder dieser eiskalte Luftzug, der mich umschloss, der mich würgte wie ein Korsett. Mit meiner Hand tastete ich nach dem Griff der Autotür. Als ich ihn fand, öffnete ich flugs den Wagen und warf mich in den Autositz. Mit gehörigem Schwung knallte ich die Tür zu und wartete wieder ab. Dann aber sah ich etwas, das mir bis heute das Blut in den Adern gefrieren ließ: Zwei leuchtend rote Punkte schwebten wie bunte Kugeln durch die Garage und eine unheilvolle Stimme raunte in einem fort: „Du bist der Nächste! Du bist jetzt dran! Wenn du nicht aus-ziehst, dann geht es dir schlecht!"

Ich glaubte meinen Ohren nicht mehr trauen zu kön-nen – war das etwa die Stimme der unheimlichen Eigentümerin aus dem Erdgeschoss? Es hörte sich wirklich so an, doch wieso schwebte sie durch die Garage? Und – war sie das überhaupt? War sie am Ende ein böser Geist, der Teufel vielleicht? Ich wusste es nicht, startete den Wagen, schaltete mit bebenden Händen das Licht ein und raste durch das glückli-cherweise sich schnell öffnende eiserne Gittertor aus der Garage!

Ich fuhr und fuhr und wollte einfach nicht mehr an-halten. Und es war erst 3:30 Uhr!

Irgendwann hielt ich schließlich an und atmete erst einmal tief durch.

Was war da nur geschehen? Ich konnte mir das alles nicht erklären. Steckte da etwa der Teufel persönlich dahinter? Oder war das alles nur das Produkt meiner etwas wilden Fantasie? Das mussten vermutlich die letzten schrecklichen Jahre in diesem mysteriösen Hause sein, oder?

Gegen Morgen kehrte ich in das Haus zurück. Allerdings parkte ich irgendwo am Straßenrand. Die Tiefgarage wollte ich vorerst meiden, denn das fürchterliche Erlebnis der vergangenen Nacht hatte mich vollkommen irritiert. Ganz langsam wich die Verwirrung meiner alltäglichen Arbeitswut. Immerhin hatte ich von meinem Verlag neue Aufträge erhalten, die schon bald abzugeben waren.

Tage später bemerkte ich eine dunkle Nebelwolke, die über meinen Balkon jagte. Am darauffolgenden Wochenende starb die vermeintliche Wohnungseigentümerin. Irgendjemand sagte, man hätte einen Zettel gefunden, worauf gestanden haben soll: *„Jetzt habe ich dich! Jetzt wirst du für alles bezahlen!"*

Im Haus zog endlich Ruhe ein, doch ich hatte endgültig genug! Ich zog schnellstens fort, in eine weit entfernte, große Stadt, wo es mir seither besser ging, wo aller böser Zauber von mir wich.

Nur manchmal denke ich an die unselige Zeit in jener vergessenen Provinz zurück, an das Haus, wo der Teufel lebte. Viele Jahre später las ich im Internet, dass ein Haus eingestürzt sei, nachdem große Risse in den Wänden bemerkt wurden. Als ich das Foto sah, erschrak ich fürchterlich: *Es war das Teufels-Haus, aus dem ich einst vor dem Teufel geflohen und fortgezogen war!*

# Die Teufels-Drohung
# Meine eigene Todes-Ahnung

**November 2000**

Vor langer Zeit dachte ich, ich würde später, wenn ich erwachsen sein werden, viel Geld haben und immer glücklich sein. Leider war es ein Irrglaube, denn ich wurde zwar erwachsen, aber ich musste hart fürs Geld arbeiten und viele unschöne Dinge erleben. Und trotzdem habe ich immer weitergemacht. Ich musste lernen, mich selbst zu mögen – und gerade das hat sehr lang gedauert.

Denn eines Tages hörte ich eine Stimme. Sie war nicht sehr laut und wisperte mir etwas ins Ohr, dass ich nicht verstand. Sie hauchte: „Du wirst schon bald sterben. Eine schwere Krankheit wird dich ereilen. Und diese Krankheit wirst du nicht überleben."

Ich wollte eigentlich so etwas nicht hören. Und ich wollte dieses alberne Geschwätz beiseiteschieben. Ich wollte es nicht haben und so dachte ich auch nicht mehr daran!

Die Jahre vergingen und ich habe wirklich viel er- und *ge*-lebt. Da floss viel Sekt und das Leben schien wunderschön. Die verrücktesten Partys, die bis zum nächsten Tag dauerten, durfte ich keinesfalls verpassen. Überall, wo es etwas zu „Erleben" gab, war ich dabei. Und überall floss der Alkohol wie ein betörender Wasserfall der wildesten Fantasien. Zwischen Alkohol und dichtem Zigarettenrauch suchte ich dem

Sinn meines Lebens, hoffte ich auf die große Liebe und versank mehr und mehr im Nirgendwo.

Ich konnte die meisten Viel-Trinker unter den Tisch saufen und fühlte mich auch noch toll dabei. Irgendwie geriet mein ganzes Leben aus den Fugen und niemand vermochte es, mich aufzuhalten. Die Grenzen zwischen Normalität und Wahnsinn verschwammen mehr und mehr. Die Umrisse meiner Träume verwoben sich zu Gittern aus Lust und Sucht.

Allerdings bemerkte ich schon bald, dass ich immer mehr Alkohol brauchte, um ein kleines Glücksgefühl zu erlangen. Ich hatte gar nicht bemerkt, dass ich wohl längst schon auf dem direkten Weg zum Alkoholiker war.

Und dann schlitterte ich kopfüber von einem Saufgelage zum anderen und brauchte danach mindestens einen Tag, um wieder richtig klar zu sehen.

Ja und irgendwann, gar nicht mehr so viele Zeiten später, wachte ich nachts auf und zitterte wie Espenlaub. Heftige Ängste krochen durch meine angeschlagene Seele. Und ohne Alkohol konnte ich kaum noch leben.

Das zog sich über Jahre hin – mit Alkohol war ich mutig und sehr gesellig. Ohne Alkohol war ich dem Tode nahe. So durfte es nicht weitergehen, aber meine schrecklichen Albträume sagten mir, dass mein Leben nicht mehr lange währen würde und ich an diesem Laster elendig zugrunde gehen werde.

Eigentlich wusste ich schon, dass ich dagegen dringend etwas unternehmen musste. Doch der Alkohol war viel stärker als ich. Er nahm mich ein wie eine Söldnertruppe eine mittelalterliche Burg. Es war für ihn ein richtiges Kinderspiel und ich war die Puppe, mit der er tun und lassen konnte was er wollte.

Eines Tages sprach meine Mutter mit mir – besser gesagt: ich beichtete ihr notgedrungen von meiner Sucht. Seltsamerweise hatte es meine Mutter längst bemerkt und mich immer wieder gewarnt, was ich natürlich nie hören wollte. Heimlich jedoch hatte sie einen Termin bei einem Arzt gemacht.

Als es schließlich wirklich nicht mehr ging, ich diese entsetzlichen Entzugserscheinungen nicht mehr ertragen konnte und tierische Angst vorm Sterben entwickelte, gingen wir zu diesem Arzt.

Meine Mutter nahm mich wie früher, als ich noch ein Kind war, an ihre Hand und brachte mich einfach und kurzentschlossen dorthin.

Ich erhielt Medikamente und eines Abends die Kraft und die Tränen meiner Mutter. Ihre Tränen benetzten meine Augen, meine Hände, mein Herz.

Und ich spürte eine innere Kraft, eine unbändige Fülle, die mich umfing.

Mutters Kraft war in meine Seele eingedrungen und veränderte von diesem Zeitpunkt mein Denken und mein Leben. Ich musste natürlich sehr hart an mir selbst arbeiten, musste Jahre Verzicht üben und durchhalten. Es waren sehr harte Jahre, die auf mich zukamen, aber meine Mutter war an meiner Seite. Sie ließ mich nicht allein und hat das Tor, das wundervolle Portal in mein neues Leben gezeigt. Ich bin hindurchgeschritten und habe schließlich, nach sehr langer Zeit diese Frucht empfangen. Es war die Frucht meines neuen Lebens. Ich hatte es geschafft!

## Heute

Heute bin ich mir sicher, dass meine Mutter immer einen Draht zum Himmel hatte. Sie hatte mir meinen Weg geebnet und den Teufel verjagt.

Der Teufel wird immer versuchen, uns zu schädigen, uns zu vernichten. Warum? Weil er gar nichts von uns Menschen hält, weil er uns hasst.

Doch ich weiß, dass die Liebe der Mutter, ihre Kraft und ihre Tränen diesen Hass zerstören können.

Aber denkt nicht, dass Euch der Teufel in Ruhe lässt, weil Ihr jemanden an Eurer Seite wisst, der einen Draht zum lieben Gott vorweisen kann. Der Teufel wird Euch immer angreifen! Und genau dann kommt es auf Eure Standhaftigkeit an!

Glaubt an Euch und an das, was Euch Eure Mutter gegeben hat:

**Eine starke Seele und die Liebe im Herzen!**

*(for Mom)*

Bella von Nestik

# Mr. Anonymous

*Ein Fetisch kommt selten allein*

# IMPRESSUM

Copyright: Bella von Nestik
Erscheinungsjahr 2018

Herstellung und Verlag:
BoD - Books on Demand, Norderstedt

Cover Design: BoD

ISBN 9783752848465